기념일의 무게

3쇄 발행 2024년 5월 25일

글 이송현
펴낸이 정혜숙
펴낸곳 마음이음

책임편집 여은영　　**디자인** 김세라
등록 2016년 4월 5일(제2016-000005호)
주소 03925 서울시 마포구 월드컵북로 402, 9층 917A호(상암동 KGIT센터)
전화 070-7570-8869　　**전자우편** ieum2016@hanmail.net　　**팩스** 0505-333-8869
블로그 https://blog.naver.com/ieum2018

ISBN 979-11-92183-59-6　43810
　　　　979-11-960132-5-7 (세트)

ⓒ 이송현, 2023

기념일의 무게

이송현

마음이음

차 례

내일 편지

"우리, 시간 좀 갖자."

급식 먹다 들을 말은 아니라고 생각한다. 반이 달라서 시간이야 늘 따로 갖는데 무슨 시간을 갖자는 것인지. 급식실에서 닭다리를 뜯다가 듣게 된 말치고는 참 당혹스러웠다. 뭐라고 대꾸해야 할지 몰라서 묵묵히 닭다리만 씹었다. 날 넋 놓게 만든 것은 심채령의 말보다 제가 싫어하는 양파를 내 급식판에 가지런히 올려놓는 차분한 젓가락질이었다. 내가 듣기에 시간을 갖자는 말은 '우리 헤어지자.'란 뜻이나 다름없었다.

"나를, 그러니까 내 마음을 들여다볼 시간이 필요한 거 같아."

수수께끼 같은 말을 하고도 심채령은 밥을 꼭꼭 씹어 먹었다. 그 모습이 얄밉다가도 잘 먹어서 좋다는 앞뒤 안 맞는 마음이라니. 나는 심채령처럼 내 마음을 들여다볼 시간이 필요 없는데 말이다.

지금까지 심채령과 나는 무탈하게 사귀었다. 크고 작은 다툼도 없었고, 애정을 과시하는 커플도 아니었다. 뭐랄까, 우리는 그냥 물 흐르는 듯 자연스러운 관계였다. 생각해 보면 우리 관계가 묘하게 틀어진 것은 열흘 전 즈음이었다.

"너는 내가 좋아?"

예상치 못한 질문 앞에서 버벅거렸다. 그냥 "응."이라고 대답하면 그만인데 왜 그랬는지 모르겠다. 심채령에게서 어떤 징후나 암시도 없던 터라 나는 적잖이 당황했다. 밥도 못 먹고 허둥대는 동안 심채령은 제 식판을 묵묵히 비워 냈다.

급식실을 나서려는 심채령의 팔을 붙잡으며 왜 그러는 거냐고 물었다. 야멸차게 내 손을 뿌리쳤더라면 마음 상해서 뭐라고 대거리라도 했을 텐데 심채령은 어떤 동요도 없이, 눈 한 번 깜빡이지 않고 또박또박 제 속내를 꺼내 보였다.

"그냥 사귄 거 아냐? 내가 사귀자고 졸랐으니까."

심채령이 한숨처럼 내뱉는 말에 놀랐다. 상상도 못 한 것이었으니까. 내 마음을 모르겠단다, 심채령이. 그래서 내가 자기를 그냥 그런, 아무것도 아닌 사람처럼 만든단다, 심채령이.

나도 모르게 "미안해."라는 말이 나왔다. 심채령은 나를 빤히 쳐다보더니 그냥 웃었다. 비웃는 것도, 언짢다는 표정도 없이 평소와 똑같이 입꼬리를 올리며 소리 없이 웃는데 자포자기하는 것 같아서 미안하고 서글펐다. 나는 어떤 설득도 못 하고 심채령이 요구한 시간이란 것을 갖게 된 셈이었다. 마음으로는 '도대체 왜 이러는 건데?', '네가 먼저 고백한 게 이제 와서 억울해서 그래?' 따위의 말을 던져 보고 싶은 생각도 들었다. 하지만 나는 가만히 숨죽이고 있었다. 그게 끝이었다.

"신동우, 너 채령이랑 권태기냐?"

김태윤이 무슨 의미로 건넨 말인지 알았다. 그러나 나는 못 들은 척 제자리에서 드리블을 해 댔다. 오늘따라 농구공이 유난히 버거웠다. 손에서 자꾸 빠져나가는 느낌이었다. 손이 미끄러진 건 온전히 손바닥의 땀 때문이었다. 농구공이 데구르르 굴러갔다.

"헛소리 마. 내가 주워 올게, 공."

점심시간이 끝나기까지 일 분, 일 초가 아까웠다. 수돗가 쪽으로 달려갔다. 공을 주워 드는데 나무 아래에서 실랑이하는 커플이 눈에 들어왔다. 일방적으로 당하는 쪽은 남자애였는데 가만히 서 있는 모양새가 여유로워 보여서 놀랐다.

"넌 사귀자는 것도 문자로 하더니 이별 통보까지 문자니? 정말 거지 같다."

뭐라고 변명이라도 해야 하는 거 아닌가? 하지만 남자애는 그냥 벤치에 털썩 앉아 버렸다. 여자애는 꼿꼿이 서서 그런 남자애를 똑바로 눈에 담고 있었다. 뉴스에서 올여름은 폭염으로 난리일 거라더니 여름이 오기도 전에 자기 감정에 지친 애들이 하나둘 생기는 게 아닐까 싶었다. 농구공을 옆구리에 끼고 가려는데 여자애의 목소리가 내 발걸음을 붙잡았다.

"넌 나한테 마음이란 게 없던 거야. 다들 사귀니까 그냥 사귄 거지."

여자애의 입 밖으로 흘러나온 말은 심채령이 내게 한 말과 똑같았다. 나는 다들 사귀니까 심채령과 사귄 게 아니다. 운동장 한가운데에 서서 고개를 숙였다. 땡볕 아래 쪼그라진 그림자가 눈에 들어오자 한숨이 나왔다.

"신동우! 빨리 와!"

농구 골대 근처에서 김태윤이랑 애들이 손짓했다. 나는 아랑곳하지 않고 터덜터덜 걸으며 드리블을 했다. 탕, 탕, 탕. 바닥을 튕기는 경쾌한 소리와 달리 내 마음은 한없이 가라앉고 있었다.

"간다!"

마음을 다잡고 골대를 향해 달려들었다. 내 몸놀림을 본 친구들이 자기 포지션으로 이동했다. 공격수도 아닌데 나는 골대를 향해 냅다 뛰었다.

"신동, 패스! 패스!"

누군가 소리쳤지만 나는 한 번쯤 공격적으로 움직이기로 했다. 시합 전에 애들과 짜 놓은 작전은 에라이, 모르겠다! 3점 슛을 쏘기엔 이미 늦어 버렸다. 몸싸움이 불가피했다. 골 밑으로 파고들기로 작전을 변경했다. 현란한 드리블과 발놀림으로 상대편 수비수를 혼란스럽게 만들고 멋지게 레이업 슛을 하기로 마음먹었다.

"아, 젠장!"

등이 아팠다. 골 밑은 내 마음처럼 호락호락하지 않았다. 심채령의 마음을 안다고 믿었던 내 착각만큼 바닥에 나뒹굴었다. 바닥에 누워서 본 하늘이 새파랗다. 피어오른 먼지 사이로 태양의 열기가 어른거렸다.

"너 때문에 졌다, 신똥."

김태윤이 시야 가득 들어찼다. 태윤이 내미는 손을 잡고 나는 자리에서 일어났다.

"어떻게 고백했기에 이다빈이랑 너는 맨날 웃냐?"

"진정성."

태어나서 들은 말 중에 가장 익숙하면서도 낯설었다. 진정성이라니? 커플 사이에 웃음이 끊이지 않으려면 진정성을 어떻게 하라는 것인가? 암구호도 아니고 알아들을 수가 없었다.

"얼굴 보고."

"얼굴?"

김태윤의 얼굴은 평범했다. 꽃미남은 아니지만 남자다운 이목구비가 나쁘지 않았다.

"얼굴 보고 좋아한다고 고백했다고, 이다빈한테. 온 마음을 다해서. 이 형님의 마음 알겠니?"

'하, 알면 내가 이러겠니?'

고백은 심채령이 먼저 했지만 나도 나름대로 마음을 보여 줬다고 생각했다. 그런 게 아니였으면 같은 반도 아닌데 급식을 같이 먹으려고 벌점을 감수한 채, 심채령네 반 급식 순서에 맞췄겠냐고.

"심채령한테 선물해 봐. 네 마음을 담은 선물 말이야. 그럼 화 풀

릴지도 모른다."

열 길 물 속은 알아도 한 길 사람 속은 모른다는 속담이 내 가슴을 후벼팔 줄이야. 초인적인 힘이 생긴다면 다른 건 필요 없고 여친의 속마음이나 훤히 들여다볼 수 있는 능력이 생겼으면 좋겠다.

'신동우, 사랑은 선물이야.'

김태윤이 남긴 명언은 내 잔잔한 가슴에 파장을 일으켰다. 나도 선물로 마음을 표현해야 하나, 고민하면서 쇼핑몰에 설치된 인공 분수대를 구경했다. 여름이 본격적으로 시작되지도 않았는데 분수대 물줄기를 보고 있자니 여름 한복판에 서 있는 기분이었다. 분수대 근처 가판대에서 은 세공 액세서리를 팔고 있었다. 생각해 보니 심채령은 그 어떤 액세서리 하나 하지 않았다.

'사랑은 은팔찌 정도 되려나?'

배가 고팠다. 지하 푸드코트로 갈까 하다가 기분도 우울한데 편하게 먹자고 결심했다. 에스컬레이터에 올라 7층 식당가로 향했다. 6층에서 7층으로 올라가는 벽에 문화센터 홍보 영상이 떴다.

나를 표현하는 한 글자, 당신의 마음을 두드리는 캘리그래피

문화센터 영상은 캘리그래피였다. 영상 속의 글씨는 고풍스러우면서도 신선했다. 익숙한 듯하면서도 낯설다고나 할까. 문화센터가 있는 8층으로 올라갔다. 안내 데스크에서 캘리그래피 홍보 자료를 얻었다. 여러 프로그램을 홍보하는 책자를 뒤적이면서 냉면집에 들어가 자리를 잡았다. 메뉴판을 보며 비빔냉면과 물냉면을 두고 고민하는데 옆 테이블에서 해결책을 제시했다.

"이 집은 비빔보단 물을 잘해요. 육수가 감칠맛이 있으면서도 시원하거든."

짧은 머리가 인상적인 할머니였다. 백발을 쇼트커트로 보기 좋게 매만진 할머니 역시 혼밥을 하려는 모양이었다. 나는 주문을 받으러 온 종업원에게 물냉면을 시켰다. 할머니가 날 보고 코를 찡긋거리며 웃었다.

"먹어 보고 입맛에 안 맞으면 말해요. 내가 비빔냉면 시켜 줄 테니."

"아, 아뇨. 괜찮습니다. 저 물냉면 좋아해요."

일면식도 없는 할머니한테 얼토당토않은 요구를 할 수는 없었다. 할머니 말을 듣고 물냉면을 시킨 것은 내 선택이었으니 맛이 별로라도 누굴 원망할 이유는 없었다.

"별것 다 참견하고 늙은이가 주책이요, 그치?"

할머니는 처음 본 사람한테도 다정하게 말을 거는 기술을 가진 사람이었다.

"물냉면 맛있는데요."

나는 불필요한 오해를 사기 싫어서 물냉면 그릇을 들고 육수를 들이켰다. 더 이상 할 말도 없어서 냉면 씹는 일에 집중하며 문화센터 책자를 천천히 살펴봤다.

캘리그래피 작품 사진이 흥미로웠다. 수강생들의 작품인 듯했다. 몇 개의 작품 속에서 나는 동글동글한 글자에 눈길이 갔다. 심채령의 글씨체와 닮았다. 일정한 간격과 동글동글한 모양이 꼭 귀여운 조약돌을 공책에 나열한 것 같았다.

중2 학기 초에 팔이 부러졌다. 하필이면 오른팔이었다. 심채령은 내 짝이라는 이유로 한 달 내내, 나 대신 필기를 해 주었다. 괜찮다고 몇 번이나 사양했는데도 눈을 동그랗게 뜨고 한결같이 대꾸했다.

"나, 네가 생각하는 것보다 글씨 엄청 빠르게 써."

심채령은 정말 빠르고 단단한 조약돌을 내 공책에 차곡차곡 쌓아 내려갔다. 나는 그 글씨를 보고 있으면 마음이 차분해졌다. 팔에 깁스를 풀던 날, 나는 이유 모를 아쉬움을 느꼈다. 내 안에 던져진 조약돌들이 가라앉은 기분이었다.

냉면 한 젓가락을 먹는데 뭉친 겨자가 입안에 퍼졌다. 미간을 찌푸리며 책장을 넘기는데 또다시 목소리가 들렸다.

"관심 있나 보네. 한번 해 봐요."

고개를 돌려 할머니를 봤다. 날 바라보는 눈이 웃고 있었다. 할머니는 손가락으로 문화센터 홍보 책자를 가리켰다. 주름진 손가락에 은반지가 유난히 반짝거렸다. 할머니가 말을 이었다.

"한 글자, 한 글자 쓰다 보면 마음이 뭐랄까…… 참해지는 기분이야."

할머니는 냉면 그릇 안의 오이를 집어 입안에 넣었다.

"참, 해져요?"

참, 애매한 표현이었다. 마음이 참해진다는 게 무엇인지 이미지가 명확하지 않았다. 내 마음을 스캔이라도 한 듯 할머니가 소리 내어 웃었다. 입을 가린 손끝이 단단해 보였다. 주름진 손과 반짝이는 은반지가 저토록 잘 어울리는 사람을 본 적이 없었다.

"마음이 다정해진다고."

다정한 마음이란 뭘까. 시간을 갖자는 심채령의 손을 끝까지 잡지 못했던 것은 내가 내 마음을 몰랐던 탓도 있었을 것이다.

"넌 날 좋아하는 거 맞아?"

내게 팔을 잡힌 채 심채령이 물었었다. 그 물음 앞에서 내가 한 말이라고는 이거 하나였다.

"왜 그런 말을 해?"

"고백도 내가 먼저 했고 손도 내가 먼저 잡았고…… 가끔 나는 널 모르겠어. 네 마음은 저 뒤에 있는데 내가 막무가내로 고백해서 몸만 내 옆에 있는 건 아닌가 싶기도 하고."

심채령의 말에 나는 온몸이 굳어 버렸다. 나에게 고백을 하던 심채령은 수줍어하지 않았다. 당당한 목소리로, 허리를 꼿꼿이 하고 내 눈을 보며 고백했다. 그 당당함에 허둥댔던 것은 나였다. 어쩌면 나는 내 공책 가득 채워 놓은 심채령의 동글동글한 글씨를 보는 순간, 이 고백을 예감했을지도 몰랐다. 그래서 너무나 당연하게 심채령의 고백을 아무렇지 않게 받아들였을 수도 있었다. 내게 고백하기까지 심채령이 고민했을 수많은 날들을 헤아려 보지도, 당당한 모습 뒤에 숨겨져 있을 떨림도 살펴볼 생각을 못 했던 나였다.

"할머니, 할머니도 캘리그래피 해 보셨어요?"

낚인 건가? 몇 번이고 눈을 껌뻑였지만 단상 앞에 서 있는 사람은 냉면 할머니가 틀림없었다.

"반갑습니다. 마음으로 쓰는 편지, 캘리그래피 강사 권오이입니다."

정갈한 젓가락질로 냉면 그릇 안의 오이를 집던 할머니 모습이 오버랩되었다. 그 할머니가 캘리그래피 선생님이라니! 계획적으로 접근했다고 하기엔 그날 나를 흔들어 놓은 말은 진짜였다.

"내가 캘리그래피를 배운 건, 누군가의 마음을 이해하고 싶어서였어."

책상에 놓인 붓펜을 괜한 마음에 노려보았다. 연습 종이 위로 눈에 익은 손이 다가왔다. 은반지가 잘 어울리는 주름진 손이 내 손에 붓펜을 쥐여 주었다.

"우리 냉면 친구 왔네요."

나는 권오이 할머니를 올려다봤다. 그리고 속삭였다.

"할머, 선생님. 회원 모집 때문에…… 나한테 그런 거, 아니죠?"

내 물음에 권오이 할머니가 큰 소리로 웃었다. 그 바람에 주변 사람들이 나를 주목했다. 주목 대상이 되는 부담스러운 일이 생기다니! 권오이 할머니가 내 등을 두드렸다. 등에 스며든 울림이 가슴팍으로 전달되었다.

"절대 그런 거 아니고말고. 냉면 친구, 이름이 뭐지?"

"신동우요."

나는 연습 종이를 펼치며 대답했다. 화이트보드에 붙여 놓은 다양한 캘리그래피 작품들에 시선을 옮겼다.

"아이고, 내 남편 이름하고 똑같네. 앞으로 네 이름을 부르면 내 남편을 부르는 느낌이겠어."

환하게 웃는 눈매가 부드럽게 휘어졌다. 수업하는 내내, 권오이 할머니의 표정은 당신이 쓰는 글씨만큼이나 부드러웠다. 수강생은 다양했다. 나 같은 초급자부터 몇 년째 수업을 듣는 베테랑 수강생까지 한마음, 한뜻으로 자기 앞의 종이에 한 글자, 한 글자 적을 때마다 온 정성을 다했다.

처음 한글을 배우는 아이가 된 양, 나는 기역부터 천천히 써 내려갔다. 붓펜으로 글씨를 쓰려니 어깨부터 손끝까지 힘이 들어가고 떨림이 심해졌다. 종이에 새겨진 글씨는 내 떨림을 고스란히 보여 주었다. 악필이었다. 원래 알고 있던 사실이었지만 흰 종이에 적힌 검정 글씨를 보니 고개가 저절로 돌아가면서 외면하고픈 마음이 샘솟았다.

'이 모양으로 고백이라니! 샘솟던 마음도 증발하겠네.'

다시 정성스레 이름을 써 보지만 악필은 악필이었다. 강의실은 어항 속처럼 고요했다. 권오이 할머니가 틀어 놓은 자연의 소리에 내 귀도 점점 익숙해졌다. 수강생들은 제 손끝에 집중하고 있었다.

온 힘을 다해 종이를 채워 가는 모습을 보고 있자니 떨리던 내 손끝에도 근원 모를 힘이 실려 왔다. 그렇다고 하루아침에 악필이 명필이 되는 기적 같은 건 세상에 존재하지 않는 법!

"신동우 군이 앞으로 내 짝꿍 할까?"

"뭘…… 짝꿍씩이나요?"

나직이 한숨을 내쉬다가 권오이 할머니와 눈이 마주쳤다. 나는 손사래를 쳤다. 이쪽으로 안 와도 된다는 의사 표시였다. 그럼에도 권오이 할머니는 내 옆자리에 자리를 잡았다. 내 뒷자리 아주머니가 나에게 말했다.

"학생, 좋겠네. 우리 선생님 짝꿍 되기 쉽지 않은데. 학생이 선생님 애제자 되는 거 아니야?"

나는 달갑지 않았으나 주위 수강생들이 야단이었다. 남자 수강생이 얼마 되지 않는 강좌에 남자 중학생이 왔으니 기특하다는 눈치였다. 뒷자리 아주머니의 연습 종이를 슬쩍 훔쳐봤다.

"훔쳐보지 말고 대놓고 봐. 어때, 내 작품?"

종이 한가득 적어 놓은 글자는 '토닥토닥'이 전부였다. 평평한 종이를 토닥토닥 두드려서 더 납작하게 만들고 싶다는 의미인가? 글자 옆에 넓적한 손바닥 그림이 웃겼다. 나도 모르게 글씨에 손을 갖다 대고 토닥토닥 두드리고 싶을 정도였다.

"우리 딸이 고3이야. 힘내라고 잘 써서 주려고. 백날 말해 봤자 짜증만 낼 테니 멋들어지게 써서 수능 전날 머리맡에 둬야지."

순간 눈물이 쏟아질 뻔했다. 아주머니 나이가 갱년기쯤 되었으려

나. 내게 갱년기가 오려면 십수 년이 흘러야 할 텐데 아주머니 글씨를 보고 울컥하니 무슨 조화인가 싶었다. 지금도 완벽하다는 내 말에 아주머니가 시크하게 말했다.

"아줌마가 고래야? 자꾸 칭찬하면 나야 좋지."

자세를 바로잡고 숨을 천천히 쉬면서 글자를 쓰려는데 권오이 할머니가 내게 말했다.

"동우 군한테는 절실한 글자가 뭘까?"

"절……실한 글자요?"

머릿속에 떠오르는 글자는 단 하나였다. 나를 이곳으로 이끌던 글자이기도 했다. 권오이 할머니는 내게서 시선을 돌려 자신의 연습 종이에 무언가를 써 내려가기 시작했다. 할머니가 쓰는 이름엔 노란색 오이꽃이 피어났다. 한 글자, 한 글자 적어 내려가는 손끝에서 꽃이 만개했다.

나는 작게 숨을 쉬었다. 행여 크게 숨을 들이마셨다가 절실한 내 마음이 흔들리거나 망가질까 봐, 아주 천천히 그리고 조용히 숨을 쉬었다.

심 채 령

나의 절실함이었다. 나는 고개를 돌려 권오이 할머니의 종이에 적힌 절실함을 보았다. 성은 다르지만 나와 이름이 같은 누군가였다.

김 동 우

심채령의 글씨를 떠올렸다. 동글동글, 작은 조약돌 같던 그 글씨는 내 마음에 가까이 다가오기 위한 징검다리였을지도 몰랐다. 눈치 없는, 무신경한 나는 그런 심채령의 마음을 헤아리지 못한 건 아니었을까. 한 글자, 한 글자 조심스럽게 밟고 내게 오는 심채령에게 나는 손을 내밀지도 못 하고 제자리에 멀뚱히 서서 딴청만 피우고 있는 꼴이었다.

권오이 선생님이 써 내려가는 한 글자, 한 글자에서 꽃이 피고 새가 울고 바람이 불었다. 행간 사이사이에 누군가를 생각하는 마음이 고스란히 제 모습을 드러내는 순간이었다.

"동우란 이름이 이렇게 근사한 줄 몰랐어요."

어깨 너머로 권오이 할머니가 쓴 글자를 보며 중얼거렸다. 글자가 예술품이 될 것이라고는 상상하지 못했다. 글자의 획 사이사이에 작은 풀꽃이 피고 받침 글자 사이로 바람골이 생기고 꽃잎이 날리고 있었다.

"남편이 야생화를 좋아했어. 늘 시골에서 살고 싶다고 노래를 불렀거든."

권오이 할머니에게 김동우라는 남편의 이름은 작은 숲으로 기억되는 것 같았다. 이름 글자만으로도 내가 만나지도 못 한 사람이 궁금해지기는 처음이었다. 붓펜을 책상에 내려놓고 주위를 둘러보았다. 앞에 놓인 종이에 몸을 낮추고 숨을 죽이고 조심스럽게 움직이는 작은 손짓들에 웃음이 나오려고 했다.

의자를 당겨 앉았다. 단상 쪽에 전시된 캘리그래피들을 가만히 주시했다. 흉내낸다고 저 글씨가 내 것이 될 수 없을 것이고 내 마음을 보여 주는 글씨가 될 리 없겠지.

밤거리를 최대한 천천히 걸었다. 독서실에서 『수학 정석』을 펼쳐 놓고 연습장에 심채령 이름만 가득 썼다. 심혈을 기울여 궁서체로도 써 보고, 모서리를 반듯하게 세우기도 했고, 내 악필을 십분 발휘해 필기체로 써 보기도 했다. 신기하게도 글씨체가 바뀔 때마다 심채령을 부르는 느낌과 소리까지 달라지는 기분이었다.

'신동우, 넌 어떤 목소리로 심채령을 부르고 싶은 거냐?'

늘 다니던 길이었다. 그 길이 새롭게 보였다. 간판 글씨 때문이었다. 〈너 만나 분식〉의 글씨 모양은 이 분식집의 시그니처 메뉴인 밀가루 떡볶이처럼 길쭉했다. 심채령은 〈너 만나 분식〉 이름이 명작이라고 했다. '너를 만나서 먹으니까 더 맛있는 분식집'이라고 해석해 줬다. 그때는 귓등으로 듣고 말았는데 그토록 신통방통한 설명을 한 심채령한테 유부주머니라도 하나 더 사 줄 걸 그랬다.

〈삼송 철물점〉의 간판이 이토록 단단해 보이다니! 가로세로 딱떨어지는 정사각형 글씨체가 새로웠다. 유리창에 손님들이 많이 찾는 물건의 규격과 가격까지 손수 적은 주인아저씨의 글씨체 또한 간판만큼이나 단단하고 올곧은 느낌이었다. 철물점 앞은 늘 깨끗하고 정갈했다. 주인아저씨가 쓴 물건 표 글씨를 보니 모든 것이 납득되었다.

〈샤약국〉의 곡선이 두드러지는 간판 글씨는 약사님의 성격을 담고 있었다. 심채령이 배탈 나서 애먹었을 때 도와줬던 약사님은 엄마 같았다. 허둥대는 내게 약을 주더니, 쓰러질 듯 옆에 서 있는 심채령에게 의자에 앉아 쉬라고 권했다. 그리고 조제실에서 따뜻한 허브차를 갖고 나와 심채령에게 주었다. 놀란 나에게 "좋은 친구네. 옆에 있는 것만으로도 여자 친구 마음이 든든하겠다."라며 다정한 말을 건넸다.

권오이 할머니 말이 맞았다. 세상의 모든 글씨는 사람의 마음을 은근슬쩍 보여 주고 있다고.

'오케이. 나만의 시그니처 글씨체를 만들겠어.'

악필은 악필이고 시그니처는 시그니처다. 조명 아래 반짝이는 간판 글씨를 보고 있자니 자신감이 샘솟았다. 남 보기에 잘 쓴 글씨도 있고 못 쓴 글씨도 있다. 중요한 것은 저마다의 개성을 담고 있다는 것 아니겠는가.

골목으로 들어서는데 헌옷 수거함에서 무언가 툭 뛰어나왔다.

"으헉! 깜짝이야. 너, 여기서 뭐 해?"

넋이 반쯤 나간 얼굴을 한 김태윤이었다. 몇 시간 전까지만 해도 독서실에서 톡하느라 신났던 애가 갑자기 뛰어 나가더니 울상이 되어 나타났다.

"동우야, 망했다."

1년의 360일 정도는 행복한 표정을 짓는 김태윤이 이렇게 서글픈 얼굴을 할 수 있다니. 골목 가로등이 깨졌다고 동사무소에 몇 번이나 신고했는데. 앞이 안 보이는 어둠 속에서도 김태윤의 목소리에서 충분히 슬픔을 감지할 수 있었다.

"독서실에서 킥킥대면서 톡할 때는 언제고 갑자기 뭐가 망해?"

"그놈의 톡이 문제야. 다빈이랑 소통 미스."

안 봐도 뻔했다. 이모티콘이 말썽이었을 테다. 이모티콘이 적거나 많거나, 그것이 문제로다! 이모티콘을 적시 적소에 쓰는 방법을 몰라서 심채령이 보낸 톡에 툭하면 이모티콘을 줄줄이 사탕으로 갖다 붙였다.

다음 날 학교에서 만난 심채령이 심각한 표정으로 물었었다.

"신동우, 이모티콘이 없으면 나랑 대화하기 힘들어?"

"어? 왜?"

"나랑 톡하는 게 귀찮은가 싶어서. 길게 쓰긴 싫고 대답은 해야겠어서 이모티콘을 마구마구 날리나 싶어서."

보이지 않는 상대에게 내 마음의 온도를 나타내기란 쉽지 않은 일이었다. 너와 나는 가까운 사이이니 누구보다 내 마음을 척척 알아낼 거라고 확신하는 건 아무래도 무리가 되는 요구였다.

우리는 나란히 앉았다. 김태윤은 버려진 장난감 목마에, 나는 손잡이가 부서진 캠핑용 의자에 앉아 어둠에 스며들었다.

"너, 요즘 주말마다 어딜 그렇게 쏘다니냐?"

김태윤이 몸을 앞뒤로 움직이며 목마를 탔다. 나는 의자에 몸을 깊게 묻다가 뒤로 넘어질 뻔했다. 조심스레 몸의 무게 중심을 허벅지 앞쪽으로 실었다.

"네 말대로 진정성 좀 연마하려고."

구름에 가려졌던 달이 밤하늘에 서서히 드러났다. 똥 씹은 얼굴로 태윤이가 날 보고 있었다. 나는 냉면 한 그릇의 인연으로 캘리그 래피를 배우게 되었다는 얘기부터 나만의 시그니처 글씨체를 연구 중이라는 고민까지 덧붙였다. 요란한 소리를 내며 장난감 목마가 날 향해 방향을 틀었다.

"동우, 너 악필이잖아. 그것도 새로운 장르가 될 수 있대?"

"내가 어떻게 아냐? 해 보는 거지."

골목길에 들어선 한 아주머니가 우리를 발견하고 귀신이라도 본 듯 비명을 질렀다. 그 소리에 놀라 김태윤은 목마를 다리에 낀 채 벌떡 일어났고, 나는 균형을 잃고 나동그라졌다. 캠핑 의자는 완전 히 찌그러졌지만 밤하늘의 달은 반듯했다.

보름달이 아니었다. 하지만 제 모습을 단단하게 품고 있는 모양 새가 반듯했다. 처음부터 보름달이었던 달은 없다. 시간이 흐르고 날이 가고 차곡차곡 제 안을 채워서 보름달이 되는 것이겠지.

메뉴판을 꼼꼼히 살피느라 권오이 할머니의 미간에 주름이 일었 다. 돋보기를 써야 하는 것 아니냐고 물어보려다가 참았다. 아빠가 엄마한테 돋보기 쓰라는 말을 했다가 엄마가 불같이 화를 낸 기억 이 있기 때문이다.

"핑크 캐모마일 강추예요."

할머니가 고개를 끄덕였다. 나는 주문대로 다가가 핑크 캐모마일 과 아이스라테를 시켰다. 테이블에 영수증을 내려놓으며 본론으로 들어가려는데 권오이 할머니가 영수증을 살피더니 픽 웃었다.

"나한테는 캐모마일 강추라더니 넌 아이스라테니?"

"캐모마일이 불면증에 좋대요."

지난주 수업을 듣다가 알게 된 정보였다. 토닥토닥 아주머니 말에 따르면 권오이 할머니가 할아버지와 헤어진 후로 불면증에 힘들어한다는 것이었다. 우리 할아버지도 할머니가 돌아가셔서 한동안 불면증에 시달렸다. 체중도 줄고 우울증으로 고생하셨다. 어렴풋이 배우자를 잃은 슬픔을 조금은 공감하고 있는 터였다.

핑크 캐모마일을 한 모금 마시더니 권오이 할머니가 엄지를 추켜들었다.

"오늘은 동우 학생 덕분에 다리 쭉 뻗고 푹 자겠네."

열대 과일향과 꽃향기가 풍겼다. 나는 이 자리를 마련한 목적을 밝혔다.

"제 스승님이니까 SOS 칠게요. 저만의 글씨 좀 만들게 도와주세요."

"무슨 사연이기에 이렇게 절박해? 그래서 나한테 차 한잔하자고 한 거네. 이 맛난 차는 뇌물이고."

솔직히 문화센터 등록할 때만 해도 그깟 글씨 쓰는 것쯤 몇 번 다니다 보면 홍보 책자에 나온 것처럼 쓸 줄 알았다. 캘리그래피도 방법을 배우면 되는 거라고 생각했다. 수학 공식을 배우고 몇 번 응용하면 문제를 풀 수 있듯이 말이다.

"여자 친구한테…… 제대로 된 고백 편지를 쓰고 싶어요. 그 친구가 먼저 용기 내서 고백했거든요. 그 덕분에 사귀게 되었고, 말하지 않아도 내 마음을 알 거라고 생각했는데…… 아니었나 봐요. 그래서 이번엔 제가 용기 내서 내 마음을 보여 주려고요."

"그런데?"

권오이 할머니는 다 알고 있으면서 난감한 나를 보고 싶은지 짓궂게 물었다.

"아시다시피 제 글씨가 똥이에요. 이런 글씨로 고백했다간…… 적어도 노력했다는 정성은 보여 주고 싶거든요. 지금 글씨는…… 으아, 내 사랑에 대한 모욕이에요."

내 마지막 말에 할머니가 크게 웃었다. 그 바람에 옆 테이블의 대학생으로 보이는 커플이 날 힐끔거렸다. 권오이 할머니의 시선이 내 손에 와닿았다. 깊고 정다운 눈빛이었다.

"동우는 나랑 다른 목적으로 글씨를 쓰는구나."

다른 목적이라니? 권오이 할머니는 돈 받고 캘리그래피를 가르치는 건데, 그 목적이 아닌 다른 목적이 있는 것 같았다.

"돈 벌려고……."

실례인 줄 알면서 호기심에 진심이 나와 버렸다.

"당연히 혼자 먹고살려면 돈은 벌어야지. 나이 들어서 돈은 중요해. 할아버지도 없는데……."

권오이 할머니의 차림새를 살폈다. 액세서리라고는 은반지가 전부였다. 그래도 생활이 곤궁해 보이지는 않았다. 목에 두른 스카프는 세월의 흔적이 묻어 있었으나 명품이었다.

"할아버지가 안 계시니까 아무래도 쉽지 않으시죠?"

조심스런 내 음색을 느꼈는지 권오이 할머니가 안심하라는 듯 미소를 지었다. 하지만 나의 착각이었다.

"안 계시다니? 내 남편, 멀쩡히 잘 살아 있는데? 졸혼해서 각자 따로 살고 있기는 해."

뉴스에서 듣던 졸혼이란 걸 한 사람을 알게 될 줄이야. 담담하게 졸혼했다고 말하는 권오이 할머니한테 무슨 말을 해야 할지 몰랐다. 위로를 전하기에 열여섯 나이는 결혼 생활의 희로애락을 이해하기 어려웠고, 아무 일 없던 듯 무심히 넘어가기엔 뭔가 큰 비밀을 알아버린 느낌이라 모른 척 외면하기 껄끄러웠다.

"졸혼하고 혼자 살면서 돈이 필요해졌지. 내 몸 누울 집도 있고 저축한 것도 조금 있지만 내일 당장 죽을 것도 아니니 살아 있는 동안 돈은 계속 필요하지 않겠니?"

권오이 할머니는 그나마 남편은 연금 생활자라 천만다행이라고 두 손을 가슴 앞에 모았다. 졸혼한 남편을 걱정하는 모습을 보니 비극적인 헤어짐은 아닌 것 같았다.

"중매결혼을 했지. 취미도, 취향도, 생활 습관도 뭐 하나 맞는 게 없는 사람이야. 결혼 초기엔 많이 다퉜지. 완전히 다른 타인끼리 만나서 사는 일인데 쉽겠니? 너는 왜 내 마음을 모르냐? 왜 날 이해하지 못하냐? 날 좋아하지도 않으면서 결혼한 거냐? 다툴 때마다 나온 단골 멘트야. 한데 나중엔 포기가 되더라고. 그러다가 환갑 즈음 되니까 그 사람도, 나도 가여워지더라. 그래서 졸혼을 결심했지."

사랑은 모르겠지만 오랜 세월을 함께 뛰어넘은 동지라고 했다. 기쁨과 슬픔, 괴로움도 함께 부딪친 친구라고 했다. 돌아보면 늘 곁에서 있어 줬던 존재였기에 완전한 이별은 의리상 용납되지 않았다는 권오이 할머니의 목소리에 후회나 슬픔은 엿볼 수 없었다.

 "그래도 선생님은 능력자네요. 직장도 구하시고. 제 주위 할머니, 할아버지들은 일자리는 엄두도 못 내시던데……."

 재작년에 대학을 졸업한 사촌 형도 구직 전선에서 피를 말리는 중이다. 이력서를 낸 곳만 해도 수십 곳이고 인턴으로 잘 다니다가 결국 'NO!' 소리를 밥 먹듯이 들었다. 덕분에 사촌 형은 서른을 앞둔 나이에 취업 대신 원형 탈모를 운명으로 받아들였다. 그나마 결혼을 포기한 사촌 형보다 졸혼한 권오이 할머니에게 결혼이라도 해 보셨으니 복 받으신 거라고 위로해 드려야 하나?

 "내 나이에 일한다는 게 뻔하지. 평생 살림만 했으니 경력이란 게 있을 리 만무했고, 그나마 쉰다섯에 취미 삼아 바리스타 자격증을 땄어. 그걸로 동네 카페에 아르바이트를 하려고 찾아갔는데 보기 좋게 딱지 맞았지. 내가 생각해도 그때 용기가 어디서 나왔나 몰라. 내가 카페 사장이라도 젊은 친구를 고용하지, 다 늙은 할머니 바리스타를 뭐 하러 쓰겠어."

 통장의 잔고가 현격하게 줄어들 즈음 기회가 왔다고 했다. 권오이 할머니 딸이 약사인데 딸이 제안한 것이 신의 한 수였다고.

 "엄마, 새로 들어온 비타민이랑 영양제 소개하는 글 좀 써 줘요. 약국 유리창이랑 입간판으로 쓸 거."

평생 뜻이 안 맞은 할아버지랑 딱 한 가지 맞은 것이 있었는데 붓글씨, 서예였단다. 맞선 자리에서 '나랑 안 맞는 남자구나.' 했던 권오이 할머니의 마음을 되돌린 것은 할아버지의 가지런한 글씨였다고 했다.

앞으로 계속 보십시다, 나는 그러고 싶소.

힘 있는 필체는 제 마음을 간결하지만 명확히 드러내고 있었다고 할머니는 추억했다. 약국 단골손님의 제안으로 캘리그래피를 본격적으로 배우고 배너까지 제작하게 되었다고 했다.

"처음 우리 양반이 서예 배운다고 주말에도 집 비우고 그럴 때는 진짜 꼴 보기 싫었었지. 내가 잔소리하니까 '그럼 같이 배워라.' 하기에 오기로 '오냐, 좋다.' 해서 배웠는데 그게 내 밥그릇이 될 줄이야. 인생 새옹지마란 말이 딱 맞아."

그래서였을까. 권오이 할머니가 수업 때마다 보여 준 작품들은 그냥 예쁜 글씨가 아니었다. 수많은 사연을 담아 각각의 곡선과 직선으로 제 모양을 뽐내고 있었던 거였다.

"이 세상에 같은 직선 없고 같은 곡선 없다. 글씨에 담기는 각자의 사정과 마음이 다르니까 말이지."

내게 심채령이란 이름을 예전과 다르게 쓸 수 있을 것 같은 자신감이 생기려고 한다. 아이스라테 얼음이 녹았다. 물방울이 유리잔 표면을 타고 흘러내렸다. 남은 라테를 쭉 들이켜고 얼음을 씹어 삼켰다. 손도, 입안도, 내 마음도 차가웠다. 정신이 번쩍 났다.

"이제라도 고백을 하고 싶어요. 제 마음이 흐트러지지 않은 고백이요."

나만의 시그니처를 찾으면 그 뒤에 적을 문장이 떠올랐다.

'나는 온 마음을 다해 너를 생각하고 있어.'

가방을 뒤적이더니 권오이 할머니가 펜 하나를 꺼내 작은 연습장에 꽂아서 주었다. 나보고 가지란다, 마법 펜이라고. 해리 포터의 마법 봉 대신이라는 별로 웃기지 않은 농담까지 건네면서 내 손에 건넸다. 대강 넘겨 본 작은 연습장이 오히려 마법 공책 같았다. 다양한 글씨체가 담긴 오래된 연습장이었다.

"나는 동우란 사람이랑 인연은 인연인가 보다."

웃는 눈매가 고왔다. 말은 안 했겠지만 김동우 할아버지도 권오이 할머니의 웃는 모습에 반했지 않았을까. 한 달에 한 번은 김동우 할아버지와 만나서 맛집에 간다는 권오이 할머니. 오늘이 바로 그날이라며 할머니가 서둘러 자리에서 일어났다.

"오늘은 뭐 드시는데요?"

한 달에 한 번, 함께 가는 맛집이니 근사한 레스토랑이 아닐까. 육즙 가득한 스테이크도 좋고 양념이 잘 베인 양념갈비도 좋겠다.

"짜장면 먹으러 갑니다. 난 짜장이 좋고 동우 할아버지는 굴짬뽕을 좋아하거든."

권오이 할머니를 태운 720번 버스가 떠났다. 버스가 떠나는 순간까지 할머니는 날 향해 손을 흔들었다. 마주 흔들어 줄까 하다가 허리를 숙여 인사하고 슬그머니 주머니에 손을 넣었다. 아직 손을 흔들며 배웅할 만큼 가까운 사이는 아닌 것 같은데……

가로수 잎이 제법 짙었다. 가로수 그림자 사이로 눈부신 햇살이 내 발등을 어루만졌다. 나는 길을 따라 걷다가 걸음을 멈추고 펜을 요리조리 살폈다. 특별한 것 하나 없는 펜이었으나 내게는 평생 기억될 특별한 무엇이었다.

기말고사 전까지 해야 할 수행평가가 산더미였다. 책상 스탠드 불빛이 자정의 적막한 시간을 다정히 매만지고 있었다. 독서실의 적막 속에서 아이들이 제자리를 지키고 있고, 간간이 코고는 소리가 들렸다. 저마다 사정은 다르겠지만 우리 모두에게 오늘 하루는 고단했으리라.

드륵, 드르륵. 휴대폰 진동이었다. 황급히 휴대폰을 무음으로 설정했다.

✉ 나, 다빈이랑 화해했다.

김태윤이었다. 커플의 다툼은 오래가지 못할 것을 알고 있었지만 예의상 문자를 보냈다.

✉ How?

기다렸다는 듯 답장이 날아왔다. 하도 빨라서 이미 내 질문을 예측하고 답을 미리 휴대폰에 저장이라도 해놨나 의심스러웠다.

✉ 말했잖냐, 진정성이라고.
너도 빨리 심채령이랑 화해해.

애는 내 말을 이제껏 어디로 들었나? 심채령과 싸운 게 아니라고 그렇게 말했건만. 권오이 할머니가 했던 말이 오버랩되었다.

"아, 살면서 이 사람도 나한테 많이 서운했겠구나. 졸혼하고 나니 이런 생각이 들더라고. 상대적인 거지. 나는 늘 나 힘든 것만, 나 안타까운 것만, 내 마음 상한 것만 불평하면서 살았던 거야."

나는 심채령의 식판에서 양파를 건져 내면서 내 마음을 충분히 전하고 있다고, 내 할 일을 다 했다고 자만했던 것이었다. 반에서 심채령은 크게 눈에 띄지 않는 친구였다. 목소리를 크게 내지도 않고 아이들과 팀플레이할 때도 제 고집을 부리기보다 생각지도 못한 부분에서 배려해 주는 존재였다. 항상 먼저 인사하고 고맙다고 하면 "뭘, 다 그렇지."라고 대수롭지 않게 대꾸하는 애였다. 그런 심채령이 고백을 했다. 늘 그랬듯이 상냥하고 나직한 목소리로 또박또박 제 뜻을 전했다.

"다른 건 아니고…… 동우야, 내가 널 좋아해."

강당 입구의 출입문에 시선을 준다던가, 제 발끝을 내려다보며 수줍어하지 않고 내 눈을 주시하며 건네는 말은, 분명 사랑이었다.

PC방에 가기 위해 기다리고 있는 친구들은 이미 안드로메다로 사라지고 없었다. 지구상에 심채령과 나 둘뿐이었다.

"너도 나랑 같은 마음이면…… 사귀자, 우리."

심채령의 고백 앞에 나는 부끄럽게도 어떻게 했었지? 고개를 끄덕이는 것이 전부였다, 넋 놓고서 말이다. 용기 내어 고백하는 눈동자는 저런 색채를 띠고 있구나, 하면서 심채령의 눈동자를 보았다. 그리고 우리는 악수를 했다. 그것이 맞는 순서였는지 모르겠지만 고백을 받고 악수를 했던 순간은 마음 한 자리에 흐뭇하게 남아 있다.

이제는 내 차례다. 사귀자는 그 애의 용기에 또렷한 대답 대신 고개만 끄덕인 나를 반성하면서 가방 안에서 마법 펜과 연습장을 꺼냈다. 한 번 악필은 영원한 악필이라는 공식을 깨야만 했다. 너무 절망적인 생각이니까. 그러나 내 악필을 명필로 바꾸는 동안 심채령이 지치거나 사라져 버리는 것은 절대 사절이다.

'제대로 된 고백을 하고 싶어요. 제 마음이 흐트러지지 않은 고백이요. 나는 온 마음을 다해 너를 생각하고 있어, 라고.'

악필이든 명필이든 이제는 중요하지 않았다. 나만의 시그니처는 내 마음을 꼭꼭 눌러쓴 글자 그대로다.

'그래도 정성인데 할머니의 공책 좀 살펴보고 시작할까?'

작은 스탠드 불빛에 의지한 채 연습장을 넘겼다. 빛바랜 쪽지가 공책에 붙어 있었다. 화려한 장식도, 감정 과잉의 미사여구도 없지만 꾹꾹 눌러쓴 심장만이 존재하는 글씨였다. 수많은 단어가 권오이 할머니의 손끝에서 숨 쉬고 있었다.

　나는 펜 뚜껑을 열어 엽서에 내 오랜 이야기를 쓰기 시작했다. 괜한 부끄러움에 손부채를 슬쩍 해 보기도 할 테지만 어쩌랴! 지금은 별이 가득한 밤인데.

　　　　　　채령아, 심채령.
　　내가 맞이하는 모든 내일에 네가 함께 있었으면 좋겠어.
　　　　　　　내 마음이 그래.

　심채령에게 전할 내일 편지를 물끄러미 바라봤다. '내 마음'이란 단어가 조금 흔들려 있었다. 하지만 걱정하지 않았다. 내일 편지를 받은 심채령은 아마도 글자의 떨림을 헤아릴 수 있을 테니까.

권태준 권태기

탁탁!

경쾌한 마찰음이 울려 퍼졌다. 초등학생 때부터 한 달에 두어 번 만났던 아저씨였지만 더 이상 내 엉덩이를 두드리는 건 안 된다고 말해야겠다. 가만 보면 다른 단골한테는 안 그러는 것 같은데 유독 나한테만 이렇게 신호를 보내면 곤란하지.

"아저씨, 저 중3이에요."

"오냐. 너같이 착한 중3도 없지. 매번 아버지와 함께 목욕탕 오는 아들이 어딨노."

옆으로 돌아눕는데 세신사 아저씨의 힘줄이 불거진 팔뚝도 예전 만 못하다고 느끼자 왠지 모를 씁쓸함이 스쳤다. 세월 탓이었다. 젊 은 날의 아저씨가 이젠 귀밑 머리가 허예졌다. 내 몸을 미는 힘도 예전보다 약해진 것도 같고. 안쓰러움이 찾아오려는 찰나, 아저씨가 또 내 엉덩이를 찰싹 두드렸다.

"아저씨이! 변태예요? 이러면 안 돼요. 세상이 변했다고요."

"녀석, 쓸데없는 소리. 내가 너 요만할 때부터 다 봤는데. 어서 가서 아버지랑 등 밀어라."

아버지와 나는 세신사 아저씨한테 몸을 맡길 때 등만은 제외했다. 등은 아버지와 나만의 암묵적인 약속이었다. 우리는 서로의 등을 밀어 주며 부자의 정을 증진 개발시켜 나갔다. 이 표현 역시 아버지의 뜻이었다. 등을 두고 부자의 정을 증진 개발시켜 나간다고 하면 사람들은 어떤 표정을 지으려나? 예전에 신동우한테 이 얘기를 꺼냈다가 면박만 당했다.

"여드름 난 등짝을 어디 아버지 앞에 들이미냐? 넌 불효자야, 인마."

나는 열탕에서 눈을 감고 주말의 여유를 누리는 아버지를 불렀다. 기다렸다는 듯 아버지는 눈을 번쩍 뜨고 탕에서 나와 고갯짓으로 벽 쪽 자리를 가리켰다. 나는 여덟 살 이후 늘 그랬듯이 군소리 없이 아버지가 가리키는 자리에 가서 앉았다. 내 옆으로 온 아버지가 말없이 손을 내밀었다.

"가위 바위 보!"

"네가 선이다."

아버지와 나는 누가 먼저 등을 밀어 줄 것인가로 입씨름하지 않았다. 우리는 가위바위보로 공정하게 순서를 정했다. 어릴 때는 이 시간이 즐거웠다. 아버지와 나만의 특별한 놀이 같았으니까. 그러나 중3이 되니 대중탕이 울리도록 가위, 바위, 보를 외쳐 대는 아버지를 마주하기란 몹시도 쪽팔렸다. 주위에서 꼭 쳐다봤으니까. 가끔 "아이고야, 효자네. 아버지랑 가위바위보도 하고."라며 한마디 거드는 어르신들도 있었다.

나는 새 이태리타월을 손에 꼈다. 아버지 등을 밀려는데 아버지가 고개를 홱 돌렸다.

"내가 등에 눈이 달렸어. 어딜! 바꿔."

내 속내를 눈치챘다. 새 이태리타월로 박박 문질러서 등 밀기 전통을 그만 중단시키고 싶었는데. 아버지가 낡은 이태리타월을 주고는 까슬까슬한 새 타월을 빼앗았다.

"나 더 늙으면 네가 밀어 줄 등가죽도 사라져서 밀어 주지도 못해. 지금 누릴 수 있을 때 즐겨라."

"그만 즐겨도 돼요. 나도 사생활이 있는데 목욕탕 오느라고 친구들이랑 약속도 못 하고……."

"그만, 다음 순서 너야. 자꾸 입 댓 발 내밀면 오늘 네 등가죽 사라질 줄 알아."

아버지의 협박은 말로만 끝나는 법이 없었다. 나는 입을 다물고 묵묵히 아버지의 등을 밀었다. 때가 제법 나왔다. 나는 지우개 밥을 말듯이 아버지 등을 문질렀다.

"이렇게 등을 미는데 넌 왜 비밀 얘기는 안 하냐?"

"등이랑 비밀이랑 무슨 상관인데요?"

"왜 내가 널 데리고 목욕탕에 오는지 깊은 뜻을 여태 간파하지 못했구나."

이건 또 무슨 소리람? 아버지는 좀 엉뚱한 면이 많았다. 아버지 속에서 나왔으니 나는 아버지를 가장 잘 파악하고 있어야 하는 게 맞는 것 같은데 성장할수록 아버지의 새로운 면만 발견하기 일쑤였다.

"깊은 뜻이요?"

"그래. 어릴 때부터 발가벗고 차곡차곡 유대감을 쌓으면 네가 엄마에겐 말하지 못할 비밀들을 내게 상납하듯 하나하나 고백할 줄 알았지, 나는."

역시 아버지는 전략가였다. 초등학생 때나 미주알고주알 떠들지 열여섯이나 먹고서 속내를 드러내는 건 바보짓이었다. 게다가 아버지 같은 타입에게 비밀 공유란 가당치도 않았다. 어릴 때부터 내 비밀을 온 동네에 확성기를 단 듯 떠드는 인물이 아버지였다. 엄마 지갑에서 오천 원을 꺼내서 달고나를 몽땅 사 먹었다는 비밀을 털어놨다가 나는 엄마한테 얼마나 혼이 났는지 떠올리기도 싫다. 당시에 미역국을 끓이고 있던 엄마가 국자로 내 배를 쑤시며 떠밀었던 기억은 웬만한 악몽을 물리칠 파급력을 가졌다.

"그러는 아버지는 왜 비밀 얘기 안 해 줘요? 주고받는 게 있어야 공유라는 개념이 성립하는 겁니다."

오랜만에 문자를 썼더니 목과 어깨에 저절로 힘이 들어갔다.

"권태기, 내 비밀…… 알고 싶어?"

갑자기 아버지가 목소리를 한껏 낮췄다. 평소답지 않은 진지함에 이태리타월을 두 손으로 움켜쥐었다. 고개를 끄덕이며 긍정적인 신호를 보내자 아버지가 내 손에서 이태리타월을 빼앗아 세숫대야에 던졌다. 세숫대야 수면 위로 작은 파문이 일었다.

"나, 네 엄마…… 사랑해서 결혼한 거 아니다."

아, 진짜! 아버지가 이럴 때마다 어떤 반응을 보여야 하는 걸까? 농담과 진담 사이를 애매하게 배회하는 고백 앞에서 내 표정은 안 봐도 뻔했다.

바나나우유를 입에 물었다. 땀을 빼고 마시는 바나나우유는 이 세상이 천국일지도 모른다는 확신을 15퍼센트쯤 제공했다. 달달한 바나나 향이 입안에 확 퍼지면 저절로 미소가 번졌다.

예나 지금이나 변하지 않은 풍경이 있다면 아버지와의 목욕이 끝나면 바나나우유를 마신다는 사실이다.

"너 지금, 내가 네 엄마보다 바나나우유를 더 사랑한다는 걸 눈치챈 얼굴이다?"

아버지는 도통 진지함을 모르는 사람이다. 그게 회사에서도 통용되는 사항인지 아니면 우리 가족에 한정된 것인지 알 길은 없다. 아버지 회사 동료들을 따로 만난 적이 없으니 말이다.

"엄마한테 이른다고 안 하냐?"

"됐어요. 엄마도 이하 동문이랄 게 뻔한데 뭐 하려요."

"오, 우리 아들 똑똑한데? 근데 넌 좋아하는 사람 없어? 아빠 친구 자식들은 커플도 많던데?"

강렬한 호기심을 내게 연신 쏘아 댔지만 나는 아버지의 저 눈빛에 홀랑 넘어가지 않을 테다. 마음에 둔 상대가 있다고 고백이라도 하는 날을 시작으로 평생 놀림거리가 되거나 아버지의 농담 소재로 전락할 수도 있었다.

입을 쭉 내밀고 바나나우유를 한껏 들이켜며 대중목욕탕 입구에서 나왔다. 정오의 햇살에 눈이 부셨다.

"앗!"

이보나랑 마주쳤다. 이보나가 이 동네에 살았던가! 목욕탕 앞에서, 그것도 바나나우유를 입에 물고 넋 빠진 애처럼 빙그레 웃고 있는데 말이다. 황급히 내 차림새를 살폈다. 슬리퍼에 고무줄 반바지까지는 괜찮다 쳐도 목이 늘어난 흰색 티는 좀 그랬다. 내 애착 티셔츠쯤 되겠는데, 문제는 너무 낡아서 햇살 아래 서면 젖꼭지가 비칠지도 모른다는 현실을 이 순간에 깨달았다. 부끄러웠다. 나는 조건 반사처럼 바나나우유를 등 뒤로 숨겼다. 이미 이보나가 봤을 테지만 우유를 입에 물고 있는 모습은 보이기 싫었다.

모른 척하면 좋으련만 이보나는 역시 이보나였다. 가만히 날 보더니 시선을 옮겨 아버지를 향해 고개를 숙여 인사했다. 그리고 내게도 목례를 남기고 떠났다.

"바나나우유를 숨기고 싶을 만큼 좋아하는 애야?"

이보나가 사라진 골목에 눈길을 주며 아버지가 물었다. 아버지의 물음은 질문이라기보다 그저 날 놀리고 싶은 마음이 80퍼센트쯤 되겠다.

서점에 오면 이상하게 콧구멍을 벌름거리게 된다. 서가 사이사이를 슬렁슬렁 걷다 보면 숲에 들어와 있는 착각에 빠진다. 종이 냄새를 맡다 보면 빼곡한 나무 사이를 산책하는 기분이랄까. 엉덩이가 간지러웠다. 뒷주머니에 꽂아 놓은 휴대폰 진동 때문이었다. 아버지한테서 온 메시지였다.

⊠ 아빠 오늘 회식이다.

메시지의 숨은 의미는 간단했다. 회식이 있으니 늦는다는 것, 저녁은 엄마랑 먼저 먹으라는 것. 아버지한테 답장을 하기도 전에 휴대폰이 울렸다. 엄마였다.

"태기야, 엄마 오늘 야근이야. 아빠한테 알려줘."

이쯤 되면 나는 이런 생각을 하기 마련이다.

'사랑해서 결혼한 거 맞나?'

괜한 짜증이 났다. 쇼윈도에 비친 내 얼굴은 잔뜩 일그러져 있었다.

"아, 엄마. 내가 엄마 남편은 아니잖아. 엄마가 직접 아빠한테 말해요."

퉁명스러운 내 반응에도 아랑곳 않고 엄마는 "끊어." 했다. 어찌된 것이 우리 부모님은 나를 자식이라기보다 당신들의 전서구쯤으로 여기는 듯하다. 전서구가 올드하다면 살아 있는 휴대폰 정도랄까. 이러다간 나중에 부모님께 항의도 '구구구'라고 하겠다.

서점 밖으로 나왔다. 인체 드로잉 책을 찾아보려던 생각이 싹 사라졌다. 이런 기분으로 뭘 잘해 보려고 책까지 사서 본단 말인가!

내가 웹툰으로 성공하려는 이유는 부모님 때문이었다. 고생하는 부모님을 위해 외아들인 내가 웹툰으로 억대 연봉을 벌어서 두 분을 편히 모시려는 큰 그림을 그렸다면, 나한테 엄마도 아버지도 이럴 순 없는 노릇이었다.

쓸쓸할 땐 공원에서의 혼밥이 적격이다. 후미진 나무 그늘 아래 앉아서 노을을 보며 신제품으로 출시된 햄버거를 먹는 것은 나만의 즐거움이다. 군침을 삼키며 한우불고기버거를 한 입 크게 베어 물었다. 육즙이 입안에서 춤을 췄다. 하늘을 올려보며 한 입 더 베어 무는데 낯익은 목소리가 들렸다.

"그만해. 학교 밖에서까지 이러는 건 추잡스러움."

귀신에 홀린 듯 목소리의 주인공을 찾아 몸이 반응했다. 수풀 뒤쪽에서 들려오는 익숙한 성량, 톤, 그리고 명사형으로 끝내는 문장!

'너는……'

이리 봐도 저리 봐도 이보나가 맞았다. 늘 당당한 이보나답게 자신을 둘러싼 아이들을 마주하고도 눈 하나 깜짝하지 않고 가만히 서 있었다. 인상적이었다. 이보나가 그린 웹툰의 여전사 같은 모습이었다.

이보나 뒤에 따개비처럼 붙어 있던 여자애가 이보나의 옷자락을 붙들고 만류했다.

"그만 가. 난…… 괜찮아."

"내가 안 괜찮음."

SF물만 그리더니 애가 AI 같다. 똑바로 자른 단발이 칼 각이다. 1밀리미터도 어긋나지 않는 앞머리 라인은 흐트러지지 않았다. 무리 중 한 명이 원초적인 욕설을 메들리로 쏘아 대며 이보나 이마를 검지손가락으로 툭툭 치는데도 말이다.

'저 앞머리가 흐트러지는 날이 있을까?'

이보나는 늦는 법도 없고 서두르는 법도 없었다. 만화 학원을 다니는 동안 내가 지켜본 이보나는 한 치의 흐트러짐도 없이 늘 한결같은 자세로 움직였다. 지금 내가 본 이 장면은 이보나의 계획에 들어 있지 않은 한 컷일지도 몰랐다.

혼밥을 하다 말고 나무 뒤에 숨어서 이 상황을 엿보는 나도 어처구니없었다. 그래도 이보나 일인만큼 모른 척 넘어갈 수는 없는 노릇이었다. 상황 파악은 제대로 하고 뛰어들어야지. 그러나 이보나가 다치는 꼴은 볼 수 없다는 마음이 앞서 사건의 한복판에 뛰어들고 말았다.

"야! 너희들 뭐야?"

이보나가 다수에게 당하는 것을 보고만 있는 건 내 짝사랑에 대한 불명예였다. 내 자존심이 허락하지, 아니 내 심장이 용납할 수 없는 일이었다. 무리 중 하나가 보란 듯이 바닥에 퉤, 침을 뱉었다.

'어라? 얘들 보게?'

단전에 힘을 주고 누가 들어도 밥맛 떨어지는 "커어억!" 소리를 내며 나도 침을 뱉었다. 누구는 뱉을 줄 몰라서 침을 곱게 삼키는 줄 아나? 눈에는 눈, 이에는 이가 맞다. 쟤들이 비록 이보나랑 같은 열다섯이라도 똑같이 굴어 주는 게 맞는 거다.

　"너희들, 내가 지켜봤어. 다치기 전에 그냥 가."

　"안 가면 어쩔 건데?"

　무리 중 간이 큰 애가 대들었다. 여자애들 상대로 주먹을 쓸 수도 없고 난감해지려는 찰나, 지켜보던 이보나가 입을 열었다.

　"그럼 가지 마. 이 오빠가 어떻게 할지 그냥 여기 있어."

　이보나는 참 알쏭달쏭한 애였다. 이 상황에 저런 답변을 하면 어쩌란 거지? 다음 스텝은 없었다. 그냥 겁만 주려고 내지른 게 전부였는데. 콘티도 안 짠 채 캐릭터 하나 덜렁 그려 놓고 말풍선 들어갈 자리만 정해 놓은 꼴이었다.

　이번에는 긴 머리 애가 침을 뱉었다. 애들은 침 뱉는 것을 공통 취미로 삼았나.

　"야, 이보나. 학교 가서 보자, 너!"

　악다구니를 뱉고 가는 무리를 향해 이보나가 고개를 끄덕였다. 제법 심각한 모습에 어처구니가 없었다. 협박하는 애들한테 고개를 끄덕이는 애는 처음이었다.

　"그래라, 그럼. 근데 내일 말고 모레. 내일은 개교기념일이다."

　약 올린다고 여겼는지 무리 중 한 명이 욕설을 내뱉었다. 주먹까지 허공에 휘두르자 다른 애들이 그 애의 팔을 붙들고 사라졌다.

꼬리가 긴 애들이었다. 골목 모퉁이로 사라지는 내내 노골적인 욕설이 꼬리처럼 길게 메아리쳤다.

"이보나, '내일은 개교기념일이다.' 이거, 내 웹툰에 써도 돼?"

무척이나 욕심 나는 멘트였다. 나를 향해 고개를 돌리는데 이보나의 앞머리는 흔들림 하나 없이 견고했다.

"오빠."

"응, 그래."

"오빠는 오지라퍼야?"

예상치 못한 질문이었다. 교과서적인 말투만 사용할 것 같은 애가 오지라퍼라는 단어로 날 공격할 줄이야.

"너 다칠까 봐."

"놉. 스스로 해결해야 됨. 오빠가 평생 도와줄 것 아니면."

자립심이 강한 성격으로 봐야 할까. 이보나한테 왕따인지 은따인지 대놓고 물어볼 수도 없는 노릇이었다. 이보나 뒤에 서서 날 훔쳐보는 여자애 때문이었다.

"쟤들이 매번 괴롭혔어?"

따개비처럼 이보나 등에 붙어 있던 여자애가 작은 소리로 "네."라고 대답했다. 그러더니 내게 고개를 꾸벅 숙이고 개미도 간신히 알아들을 만한 목소리로 이보나에게 "고마워." 하더니 쏜살같이 사라졌다. 나는 여자애가 가는 길을 주시했다. 나와는 반대로 친구를 도와준 이보나는 미련 하나 없는 사람처럼 그 애가 사라진 쪽으로는 눈길도 주지 않았다.

"누군가를 괴롭히는 걸 취미로 삼는 애들이야. 놀랄 일 아님."

사람 괴롭히는 것을 취미로 삼는다는 표현은 어디서 배웠을까. 이보나는 자꾸만 이리저리 돌아보게 만드는 능력이 있었다.

"넌 저 무리한테 당하고도 괜찮은 거냐?"

"놉. 복수할 거야."

점점 미궁에 빠지는 소리만 하는 이보나. 우리는 나무 사이를 가로질러 벤치로 왔다.

"무슨 복수?"

"내가 잘하는 것으로 복수한다고. 쟤들은 나 괴롭히면 땡이지만 난 작품으로 쟤들의 만행을 세상에 남길 수가 있지."

이보나의 말을 빌리자면, 오늘의 일을 웹툰으로 그리고 나중에 자신이 유명해지면 이 작품을 세상에 뿌려 영화, 드라마로 제작되면 전 세계에 쟤들의 못난 짓을 알릴 수 있다나. 쟤들에게 지옥을 보여 줄 수 있는 열쇠를 가진 사람은 바로 자신이라고 웃는 이보나가 엄청난 존재로 다가왔다.

이보나의 이런 당당함을 흐뭇하게 여겨야 할지 아니면 병원에 가 보라고 권유를 해야 옳은지 판단이 서질 않았다.

"오빠."

"네에?"

의도하지 않았는데 존경의 마음이 무의식중에 입 밖으로 튀어나왔다. 당황했을 법도 한데 이보나는 별것 아니라는 듯 평온했다. 내 손에 들린 햄버거와 벤치에 놓인 나머지 햄버거를 훑어보더니 내 눈을 쳐다보았다. 강렬한 눈빛에 몸이 움츠러드는 건 당연지사였다.

나는 얼결에 내가 먹던 햄버거를 이보나 앞에 불쑥 내밀었다.

'이 바보야. 먹던 걸 내밀면 어쩌냐!'

벤치에 새 햄버거가 있는데 이렇게 엉성하게 굴다니! 수습을 하겠다고, 백 마디의 멋진 말을 건네는 것보다 행동으로 보여 주기로 했다. 아무렇지 않은 척 새 햄버거를 이보나한테 다시 건넸다. 이보나는 햄버거에는 관심이 없다는 말투로 입을 열었다.

"오빠."

어쩐지 무시무시한 경고가 서린 음성이었다. 얘는 나보다 한 살 어린데도 가끔 등골이 오싹해지는 아우라가 있었다.

"오빠는 햄버거 두 개나 먹어요? 아니면 누가 와요?"

"내껀데…… 둘 다. 너 하나 먹어."

이보나가 고개를 가로저었다. 분명한 거절 표시였다. 왠지 모르게 햄버거가 아닌 나란 존재가 거절당한 기분이었다.

"오빠, 이런 것 먹으면 혈관 질환 생겨요. 밥 먹어요, 밥."

밥이라……. 콧구멍이 들썩거리고 햄버거를 밀어 넣은 입이 씰룩거렸다. 혈관 질환이라, 이보나가 나에게 눈곱만큼의 관심이 있는 건 아닐까? 지금의 내 마음을 승규나 동우한테 말한다면 정신 차리라고 할 테지만 아무려면 어떤가. 이보나가 내 먹거리에 관심을 가져 준 건 처음이었다.

하루에 두 번의 상담은 무리였다. 나에게 버거운 일이 있다면 그건 바로 연애 상담이다. 그러나 여자애들은 내게 자신의 연애사를 술술 풀어놓았다. 내가 바란 것도 아닌데 신부님께 고해성사하듯 여사친들은 툭하면 자기 연애사의 어려움을 토로했다.

나의 선택지는 두 가지로 정리할 수 있겠다. 첫째는 감정적으로 함께 동요하는 방법이다. 둘째는 조용히 들어 주되 상담자가 이 세상에 홀로 있다는 느낌이 들지 않게, 내가 옆에 있다는 것을 헛기침이나 한숨 소리 정도로 위로를 전하는 방법이다.

연애 경험이 없으니 조언한다는 것 자체가 언감생심이다. 그러나 타인의 어려움을, 그것도 지극히 개인적인 고뇌를 나누고자 하는 친구들에게 나란 인간 자체가 모질지 못했다. 개뿔 알지도 못하는 남녀 문제를 가만히 들어 주는 것이 습관되어 버렸다. 특히 지금처럼 학원 앞까지 찾아온 여사친이라도 있는 날이면 '다음에 얘기하자.'는 말을 꺼낼 엄두가 나지 않았다.

"결국엔 내가 잘못한 거지? 동우를 믿지 않는 건 아닌데⋯⋯."

심채령은 위장 이별 선언을 한 것이나 다름없었다. 시간을 갖자는 말의 뜻을 그대로 받아들일 남자애가 몇이나 될까. 내 머릿속 모니터에 뜨는 내용도 이렇다.

'너랑은 끝이다.'

'알아서 떨어지자.'

'Good bye from today.'

좀 더 단순한 녀석이라면 곧이곧대로 믿고 시간이 흘러가기만을 기다릴지도 모르겠다. 심채령이 흥분을 잘 하는 성격이라면 첫 번째 방법을 썼겠지만 심채령은 늘 차분한 애였다.

"너는 어때? 동우랑 헤어지고 싶어?"

심채령이 잔뜩 풀 죽은 표정으로 땅바닥만 보았다. 대답 없이 애꿎은 운동화 앞코를 땅바닥에 비비적거렸다.

"사실대로 말하면 어떨까? 혼자 이러지 말고. 아마도 동우는 네가 이러고 있는 거 알면……."

뒷말을 아낀 건, 사실 나도 신동우 마음을 알 수 없기 때문이었다. 당연했다. 내가 신도 아닌데 타인의 속마음을 어찌 안단 말인가. 아무리 친한 사이라도 어림없다.

심채령의 성적이 떨어진 것이 문제였다. 심채령이 목표로 삼은 대학은 완벽한 실기 성적은 물론이요, 더 완벽한 내신 성적이 요구되는 일류였다.

"내가 시험을 못 본 건데 엄마가 동우 탓이라고 하잖아. 원 상태로 되돌리고 당당하게 엄마한테 동우 때문이 아니라고 본때를 보여 줄 거야."

"흠, 동우 안 만나고 이렇게 지내다가 다시 성적 올리면 엄마가 '봐라, 걔 안 만나니까 성적 올라갔잖니.' 하면 뭐라고 하려고?"

쓸데없는 치밀함이었다. 땅을 파헤치던 심채령의 발이 얼어붙었다. 평소대로 가만히 듣기나 할 걸 괜한 오지랖을 떨었다. 기왕지사 이렇게 된 것 제대로 나서 보자는 마음을 먹었다.

"동우는, 내가 아는 신동우라면 지금쯤 박 터지게 머리 굴리면서

네 마음을 어떻게 돌릴까 안간힘 쓰고 있을걸? 똥줄 타도록 말이야."

심채령은 편의점으로 들어가 바나나우유를 사 왔다. 학원까지 찾아와서 미안하다며 바나나우유를 내밀었다. 내가 바나나우유라면 사족을 못 쓴단 사실을 동우가 말했나 보다. 이래서 연애하는 애들 앞에서는 비밀을 만들면 안 된다.

"오늘만 바나나우유 하나로 끝나는 거다. 다음에 또 같은 문제로 찾아오면 바나나우유 한 박스로도 어림없어."

심채령이 웃었다. 소리 없는 웃음이었다. 언젠간 신동우가 저 소리 없는 미소 때문에 심채령과 사귀기로 결심했다고 했다.

"잘 가라. 마음은 언제고 변하기 마련이지만 잘 키워 내는 것도 너희한테 달렸어."

입이 제멋대로 움직였다.

"권태기, 방금 한 말, 네 웹툰에 나오는 대사야?"

심채령이 물었다. 웃음기가 스민 얼굴을 보아하니 신동우와는 걱정 없이 전진할 것이다.

"나, 로맨스물 안 그려."

미련 없이 일어서서 학원 건물로 들어서는데 이보나를 만났다. 바나나우유를 얼른 입에서 뗐다. 칠칠치 못하게 남은 한 방울을 티셔츠에 흘리고 말았다.

"이보나, 이제 오⋯⋯."

말을 끝내기도 전에 이보나가 쌩 하니 건물 안으로 들어가 버렸다. 4층, 학원으로 가려고 문이 닫히려는 엘리베이터를 붙잡았다.

'엥? 얘가 어디로 갔지?'

이보나는 바람과 같이 사라진 것이 아니라 계단으로 간 것이었구나. 뭔가 공기가 평소와 달랐다. 기온과 습도는 매일 다른 것이 정상이지만 방금 전 이보나와 나 사이의 공기 흐름이 심상치 않았다. 특별한 공기 흐름을 탔던 것도 아니었지만 그렇다고 어색하면서도 적대적인 기운은 노 땡큐였다.

내 자리에 앉아 새로 시작할 웹툰의 스토리를 구상하는데 머릿속에 연기가 자욱했다. 한 치 앞도 내다볼 수 없는 막막함이라니! 그림체의 문제가 아니라 스토리텔링이 빈약하다는 강사님의 지적이 100퍼센트 맞는 말씀이었나 보다.

"태기야, 너라면 이 장면에서 남주랑 여주 멘트 어떻게 칠 거니?"

"내가 뭘 안다고."

왜 여자애들은 남주, 여주 다투는 장면이면 내게 조언을 구하는 것인지 불가사의였다.

"야, 권태기. 비싸게 굴기냐? 이 일대 연애 상담은 너라고 소문났어. 이거 왜 이러셔?"

가만히 들어 준 것이 내 의도와 다르게 해석되었다. 이제 와서 아니라고 해 봤자 발뺌하는 것이냐고 욕만 먹겠지. 평소처럼 고개를 두어 번 끄덕거리고 두루뭉술하면서도 사생활을 침해하지 않는 선에서의 멘트를 날려 주었다.

다시 내 이야기로 돌아와 고민했다. 이야기에서 안 풀리니 방향을 전환해 캐릭터부터 찬찬히 생각해 보기로 했다. 그러나 웹툰에 등장시킬 만한 존재가 내 주위에 있었던가? 하나같이 평범한 사람들뿐이었다. 평범함이 최고의 무기란 생각은 말아 주길 바란다. 만화 학원에는 날고 기는 애들이 수두룩했다. 엄청난 세계관을 구축하며 SF물을 그리는 이보나만 봐도 그렇다.

'어? 얘가 어딜 갔지?'

작업 중에는 자리를 뜨지 않는 애가 이보나였다. 한 번 펜을 잡으면 기본 3~4시간, 무생물처럼 책상과 혼연일체가 무엇인지 보여 주는 존재가 시작한 지 5분 만에 사라졌다.

"권태기, 그리는 게 권태로워졌어? 엉덩이 붙인 지 얼마나 되었다고 일어나?"

강사님은 늘 내 이름을 갖고 문장을 만드는 데에 재미를 붙였다. 당사자는 하나도 재미가 없는데 말이다.

"화장실이 급해서요."

물론 뻥이었다. 복도로 나가 서성거렸다. 이보나 이름을 복도에서 외칠 수도 없는 노릇이었다. 창밖의 구름만 멍하니 보다가 돌아서는데 기겁했다.

"오빠는 역시 오지라퍼였네요."

"내가?"

반문했건만 이보나는 나에게 눈길조차 주지 않았다. 이상하네…… 나의 혈관을 걱정해 주던 이보나는 어디로 사라졌단 말인가? 이보나가 나를 스치고 지나갔다. 바람결에 들려온 소리 하나,

아니 심장에 날아온 뾰족한 돌멩이 하나.

"관종."

내 상황을 신동우나 한승규한테 묻는 건 자존심 문제라 할 수 없었다. 그래서 선택한 대안이 우리 아버지 권태준 씨였다. 대놓고 '내가 관심 있는 여자애가 있는데 나보고 관종이래요, 이걸 어떻게 해석해야 될까요?'라고 물었다간 '누구냐? 어디 사냐? 당장 데리고 와라, 왕돈까스 사 줄 테니 함께 만나자…….' 할 터였다. 나는 적당한 선에서 인생 선배로서의 아버지 연애사를 듣고 내 개인사에 접목시킬 목적이었다. 엄마와 연애할 때 어땠냐고 묻는 나에게 아버지는 밑도 끝도 없이 이렇게 말했다.

"지겨운 연애였지."

다소 오해의 씨앗을 불러들일 내용을 아버지는 별것 아니라는 투로 툭 내뱉었다.

"딴 여자 만나지 그랬어요."

"그러게나 말이다. 근데 또 그게 말처럼 쉽지가 않아요."

"왜요?"

"지겨운데 익숙해서 편하고 편하니까 주저앉게 되고 주저앉다 보니 눕게 되고 누우니까 눈을 감잖니?"

"그래서요?"

"세상을 둘러볼 타이밍을 놓친 거지, 내가."

괴상한 논리였다. 그런데 듣다 보면 무슨 감정인지 알 것도 같았다. 우리 반에 종종 이런 커플이 있다. 커플인데 그냥 여사친, 남사친 정도로밖에 보이지 않는 아이들. 너희는 왜 사귀는 거냐고 묻고 싶은 커플들.

"권태기 없었어요?"

당신 입으로 지루한 연애를 했다면서도 오랫동안 커플이었다가 결혼한 아버지의 속내가 궁금했다.

"흠……."

아버지는 답하지 않았다. 귀찮아서인지, 몰라서인지는 나도 모르겠다. 그저 찌푸린 미간이 보기 흉하다는 것뿐.

"널 낳았잖냐, 권태기. 우리 아들."

아재 개그는 별로라고 그렇게 일렀는데도 아버지는 종교 같은 신념처럼 아재 개그의 끈을 놓지 못했다.

내 생각에 아버지와 어머니의 연애가 지겨웠을 리 없다. 지겨웠다면, 엄마가 쓰러졌을 때 목 놓아 울부짖었던 사람은 누구였단 말인가?

야근으로 귀가가 늦어지는 엄마를 두고도 아버지는 언제 오냐? 어디쯤 오고 있냐? 등의 전화나 메시지를 보내는 법이 없었다. 엄마가 늦어지는데 걱정 안 되느냐고 물으면, "엄마가 한두 살 먹은 애인 줄 아냐? 네 엄마는 우리가 생각하는 것보다 훨씬, 엄청나게 독립적이고 무서운 사람이야."라고 반 농담, 반 진담으로 응수했다. 그랬던 아버지가 쓰러진 엄마를 업고 내달리는 모습에 나는 얼어붙고 말았다. 평소 살가운 행동 한번 보인 적 없던 아버지가 그토록 험한 소리를 내며 엄마 이름을 부르리라고는 꿈에도 상상하지 못한 일이었다.

"은영아! 은영아, 정신 차려 봐!"

아버지에게 엄마는 태기 엄마가 아니었다. 은영아를 외치는 목소리에 눈물이 가득 스며 있었다. 야심한 밤, 엄마를 업고 달리는 아버지의 모습은 사랑이었다. 아버지가 아니라고 해도 내 눈에는 사랑이었다.

응급실에서 엄마가 링거를 맞는 동안 넋 놓고 앉은 아버지의 모습에 코끝이 찡했다. 로맨틱 코미디 드라마의 한 장면이 우리 가족사에도 한 컷 장식되는구나 싶었다. 드라마는 허구가 아니었다, 현실이었다. 단순 과로로 알고 있던 아버지는 엄마의 어지럼증이 청력에 생긴 문제라는 의사의 소견에 또 한 번 울음을 참아 내야만 했다. 퇴근 후, 이상하게 힘들다며 푸념하던 엄마에게 아버지는 "만성피로는 현대인이라는 증거야. 태기 엄마, 구한말 사람인 줄 알았는데……."라며 엄마의 부아를 돋웠다.

깊게 잠든 엄마를 보는 아버지의 표정은 묘하게 일그러졌다. 평소에 내가 보지 못했던 애정과 연민, 미안함과 고마움이 아버지의 눈동자에 담긴 것 같았다. 엄마가 오열하는 아버지를 봤다면 어떤 표정을 지었을까. 아마 달가워하지 않았을 것이다. 종종 아버지한테 일을 시킬 때 앓는 소리를 하는 아버지를 보며, 엄마는 앓느니 죽는다고 차라리 내가 하고 말지, 라는 소리를 했다.

"거짓말."

아버지가 무슨 소리냐는 듯 나를 돌아봤다. 엄마가 깨어나면 아버지가 얼마나 험하게 울부짖었는지 엄마한테 이르겠다고 했을 때 아버지의 표정은 영원히 잊지 못할 무엇이었다.

"아버지, 엄마 사랑해서 결혼한 거 아니라더니…… 쯔읍, 어떤 사람이 사랑하지 않는 여자를 업고 뛰어요, 한밤중에."

또 어떤 농담을 하려나 했는데 아버지는 정직했다.

"권태기, 내가 네 엄마한테 품고 있는 그 사랑이라는 형태가 바뀌었지 본질은 같아."

심장이 내려앉았다.

"용기 내라. 계속 곁다리로 빙빙 맴돌다가는 후회만 남는다."

아버지는 역시 아버지였다. 내가 아버지 주위를 맴돌며 본론을 숨기고 빙빙 맴도는 소리만 했는데 내 속을 홀랑 해석해 내고 말았다.

"목욕탕 앞에서 만난, 바나나우유…… 그 여자애구나?"

아버지는 귀신이었다.

암담한 현실과 더러운 소문 중에 어느 게 더 최악일까? 한꺼번에 쓰나미처럼 몰려오는 바람에 답을 선택할 여력이 사라졌다.

우물쭈물, 갈팡질팡하는 사이에 이보나에게 좋아하는 사람이 생겼다는 소문이 돌았다. 고백은 신중해야 하는 법이라고 개통철학을 설파한 내가 오히려 역공을 당한 셈이었다. 이보나 소식에 멘탈이 설탕 과자처럼 부스러지는 가운데에 기막힌 소문이 발을 달고

내달렸다. 사건은 이랬다.

그다지 친하지 않은 애의 고민을 들어 주었다. 이런저런 일상을 풀어내는 그 애의 말에 오히려 내가 빠져드는 기분이었다. 짝사랑하는 애와의 사소한 일상을 조근조근 풀어내는 모습을 보면서 속으로 감탄한 까닭이었다.

'아, 저런 일상 하나둘이 쌓여서 서로에게 신뢰로 다가가고 감정이 싹트는 거구나.'

뜻밖의 깨달음이었다. 내가 그 애한테 건넨 말은 딱 하나였다. 너는 잘하고 있다, 짝남도 너랑 언젠가 같은 마음이 될 것이다. 오버도 아니었고 이야기를 받아들인 내 진심이었다.

"네 마음이 가자는 대로 따라가."

이렇게 정성스럽게 제 마음을 알고 가꾸는 애라면 그렇게 행동해도 될 것 같은 확신이었다. 며칠 뒤, 그 애는 짝남이랑 잘되었다며 내게 아이스라테와 치즈케이크 쿠폰을 쐈다. 작은 감사 표시라고 했다. 바나나우유 이상의 대가는 처음이어서 얼떨떨했다. 그게 끝이려니 싶었는데 아니었다.

"나도 싫은 건 아닌데…… 그러니까 남친이 싫다는 건 아닌데……."

한 번 상담자가 정기적으로 날 찾은 적은 없었다. 당혹감에 동공을 어디에다 둘지 몰라 눈알을 이리저리 굴렸다. 문제인 즉, 그 애와 짝남은 커플이 되었고 자연스레 스킨십이 시작되었다는 것이다. 어깨를 정답게 두드렸던 남자애의 손이 여자애의 팔을 잡고 손목을 잡고 그러다가 수위가 점점 높아졌다는 설명이었다. 스킨십을 주저하는 애에게 짝남은 "내가 싫은 거야?"라고 했단다.

같은 남자로서 설명해 달라고 요청하는 애한테 뭐라고 해야 할지 갈피를 못 잡았다. 남자라고 세상의 남자가 다 똑같지 않다는 사실을 얘는 왜 모를까? 잠깐의 고민 끝에 대답했다. 그 짝남의 입장이 아니라 전적으로 나, 권태기의 관점에서 한 답이었다.

"네가 싫으면 아닌 거야. 스킨십에 대한 네 마음을 솔직하게 말해 봐. 네 남친의 가장 좋은 성교육자는 너야."

당혹스럽게도 여자애는 내 말을 듣고 울었다. 어느 지점에서 그 애의 눈물샘을 자극했는지 모르겠으나 나는 멀거니 우는 모습만 지켜보았다.

소문의 발은 묘했다. 우는 여자애, 토막 난 단어 하나 성교육자 이것만으로 나는 연애 상담을 위장한 '변태'가 되었다.

소문이야 늘 돌고 도는 것이고 뜬소문은 한참 돌다 보면 언젠가는 사그라들 무엇이었기에 크게 신경 쓰지 않았다. 그러나 이보나 귀에 들어갔다면 문제는 달랐다. 넋 놓고 있는다고 당장 묘책이 떠오르지도 않으니 작업에 몰두했다. 태블릿 앞에 앉아 이야기의 한 컷을 고민했다.

권태준 권태기

가족 드라마였다. 도무지 아이디어가 떠오르지 않아 관찰하기 제일 쉬운 아버지의 일상을 그리고자 시작한 작업이었다. 그야말로

콩트쯤 되려나. 이번 주 주제는 바로 이거였다.

'권태기…… 감정을 관통하는 장애물이 아닐까?'

아버지와 엄마를 보고 있자면 서로에게 너무나 무심한 일상을 살고 있는 사람들이란 생각에 휩싸인다. 인생의 반 이상을 함께 산 사람들인데 무심해도 정도가 지나치다는 생각이 들었다. 엄마의 휴대폰에 아버지는 여보나 남편도 아니고 '권태준'이라고 저장되어 있을 줄 알았다. 그러나 엄마의 휴대폰에 아버지는 미등록자였다. 아버지가 엄마한테 전화한다면 010으로 시작되는 자신의 번호를 확인할 수 있을 것이다.

아버지의 일상을 한 회차씩 그린다면 적어도 스토리 고갈은 막을 수 있을 것이다. 잊어버리기 전에 어제의 일상을 태블릿에 담았다. 간밤의 대화는 인상적이었다.

"엄마, 아버지랑 키스 언제 했어요? 어제?"

가족끼리 너무 대화가 없어서 꺼낸 말이었는데 시의적절치 않았나 보다.

"야, 너 미쳤어? 쓸데없는 소리 말고 들어가서 공부나 해."

발끈하는 엄마를 보고 아버지는 느물거렸다.

"태기야, 신의 경지에 이르면 키스 없이 자식을 낳을 수가 있다."

아버지 말에 엄마는 "애 앞에서 말 같은 소리를 해야지, 원." 하더니 안방으로 들어가 버렸다. 그 와중에 깎아 놓은 과일 접시를 우리 앞에 내미는 것을 잊지 않는 엄마였다.

나는 물끄러미 아버지를 바라보았다. 내 시선이 점잖지 못한 의도를 눈치챘는지 아버지의 미간이 한순간에 일그러졌다.

"네가 뭘 알아? 날 다 알 수 있을 거라고 생각하는 거냐?"

"아뇨. 나는 살아 있는 존재의 마음이란 건 다 알 수 없을 것 같아요."

내 대답은 정직했고, 아버지는 전지적 신의 시점으로 나를 읽어낼 수 있는 존재였다.

"목욕탕 앞 그 바나나우유?"

이보나가 왜 이렇게 불려야 할까? 다 내 잘못이다.

"이보나예요, 그 애."

"음, 이리 봐도 저리 봐도 이보나구나."

운율까지 맞춰 이보나 이름으로 장난치는 아버지를 어떤 시선으로 봐야 할지 머리가 아팠다. 순순히 털어놓은 내 잘못이었다. 특히 이보나에게 좋아하는 사람이 생긴 것 같다는 소리만은 하지 말았어야 했다. 내 방으로 들어가려는데 아버지가 나를 멈춰 세웠다.

"넌 지금 최상의 조건을 갖고 있어. 그놈 약점을 쥐고서 그 여자애 마음을 네게로 돌려놔."

"어떻게 그래요? 사람이 상도가 있지."

"야! 사랑 앞에 상도가 어딨냐? 너, 그 애 안 좋아? 그냥 잘 가라고 할 거야?"

그건 절대 아니었다. 내 사전에 시작도 전에 굿바이란 없다.

"인마, 사랑은 쟁취하는 거야. 사랑 앞에서 예의고 친구고 알 게 뭐냐. 비정한 세상이야."

이 말을 어디까지 믿어야 할까. 정작 아버지는 엄마랑 그저 평범한 삶을 살고 있는 것 같은데 말이다. 쟁취한 사랑을 운운하는 사람의 일상이라고 하기엔 지나치게 평범하고 별일 없었다.

"아버지는 엄마를 쟁취했어요?"

"어머니는 그런 존재 아니다."

갑자기 엄마를 어머니라고 지칭하는 아버지라니! 중학생이 되고서 아빠를 아버지라고 불렀다. 덩달아 엄마를 어머니라고 부르자 엄마는 "어머, 징그러워. 엄마라고 불러." 하고 단박에 거절했다. 그 이후로 아버지도 엄마를 태기 엄마라고 불렀다. 아버지가 엄마를 어머니라고 부를 땐 정색할 때뿐이었다.

"권태기, 목욕 갈까?"

또 시작이다. 주말도 아닌데 목욕탕을 제안하는 것은 나를 다독여 주고 싶다는 아버지식 표현이다.

늦은 시각 목욕탕으로 가는 길에 아버지는 사뭇 다른 음색과 무게감으로 내게 속내를 보여 줬다. 권태기라고 이름을 지어서 네 엄마가 몇 날 며칠을 울었지만 돌림자여서 어쩔 수 없었다는 말을 했다. 그리고······.

"넌 사랑받는 아이다. 우리가 얼마나 사랑해서 결혼을 했고 너를 낳았는지 알지?"

아버지는 늦는 법이 없었다. 고백의 타이밍 또한 절묘했다.

제발 이보나가 좋아한다는 남자애가 모두에게 인기남이 아니길······. 인기남이면 진짜 곤란했다. 이보나의 짝사랑 상대가 초절정

인기남일 경우, 전에 공원에서 본 일진 여왕을 포함해 이보나는 공공의 적이 될 수도 있다.

야심한 시각, 서로의 등을 밀며 소소한 대화를 나눴다. 아들과 함께 대중목욕탕에 와 등을 밀어 준 정성이 오늘에야 빛을 발한다고 아버지는 감격스러워했다. 아버지의 오랜 계략대로 나는 내 첫사랑을 아버지에게 밝혔다. 이리 봐도 저리 봐도 이보나였다. 아버지는 라임이 입에 착 붙는다는 이유 하나로도 이보나가 마음에 든다고 했다. 농담인지 진담인지 파악하기 힘들었지만 나를 응원한다는 말은 진심이었다. 등을 밀어 주는 아버지의 손길이 그 여느때보다 단단했고 힘찼으니까.

'아, 내 등 뒤엔 이렇게 든든한 아버지가 있구나.'

빨개진 등을 거울에 비춰 보고 웃어 버렸다. 그리고 이보나에게 나만의 오지랖을 떨어 보기로 마음먹었다.

학원이 보이는 길목, 편의점으로 달려갔다. 바나나우유를 두 개 샀다. 그리고 횡단보도 건너편을 지켜봤다. 이보나가 학원으로 오는 길목이다.

편의점 앞에 파라솔이 있지만 나는 양손에 바나나우유를 들고 파라솔 밖으로 비켜섰다. 이보나를 기다리는 동안 편하게 있고 싶지 않았다.

신호등이 초록색 보행 신호로 바뀌었다. 이보나가 천천히 걸어오고 있었다. 횡단보도의 끝자락에 서서 이보나와 마주 섰다.

"나, 너한테 할 말 있어."

"무슨 말."

바나나우유 하나를 이보나 앞에 내밀었다. 잠시 나와 바나나우유를 번갈아 보더니 이보나가 바나나우유를 받았다.

"노잼이면 가만 안 둠."

말을 듣는 것만으로도 예전의 이보나가 내 곁에 바짝 다가선 기분이었다. 바나나우유를 뜯어 한 모금 마시고 싶었지만 고백하기도 전에 달콤함을 맛보기는 사양이다. 나는 천천히, 그러나 또박또박 나를, 내 심장을, 내 오장육부를 보여 주었다.

고백이란 이런 거구나……. 입술 한 번 달싹하지 못하게 만드는 무게 말이다.

오후 4시, 달고나

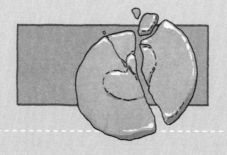

"언니, 달 주세요. 보름달."

속도 좋지, 똥을 한껏 싸 놓고 먹을 것을 달라니. 할아버지는 양심도 없다. 엄마는 인상을 찌푸릴 법도 한데 무표정이다. 대신 나를 노려보며 복화술하듯 입을 달싹거리며 경고했다.

"너, 저녁 먹기 전에 할아버지한테 또 달고나 주면 혼날 줄 알아."

나는 벽에 걸린 할아버지의 중절모를 있는 힘껏 노려보았다. 중절모를 베란다 밖으로 던져 버릴까, 잠깐 고민했다. 중절모가 사라지면 할아버지는 작은방에서 한 발자국도 나오지 않을 테니 제법 잔인한 복수가 되겠지.

밥 먹기 전에 안 먹는다고 약속까지 해놓고 할아버지는 날름 달고나를 입에 넣었다. 사실 달고나는 할아버지를 위한 것이 아니었다. 한승규가 달고나를 좋아한다는 정보를 입수하지 않았다면 인터넷 쇼핑으로 달고나 세트를 구입하지 않았을 것이다. 한승규에게 완벽한 하트 모양의 달고나를 만들어 주기 위해 열과 성을 다해 연습하는데 재주는 곰이 부리고 돈은 되놈이 가져간다더니, 딱 내 꼴이다. 달고나 장인의 유명 블로그에 적힌 대로 매번 연습하는데도 달고나 맛은 영 별로다.

"똥이다, 똥. 언니, 똥 만지면 안 돼요."

맨 처음 달고나를 만들었을 때 할아버지가 내게 건넨 말이다. 충격이 컸다. 내가 똥손인 건 알았지만 가족 이름도 기억 못 하는 할아버지한테 똥이나 만들었다는 평가를 받다니! 수차례 연습한 끝에 모양은 이제 그럴싸하지만 맛이 관건인데 이 상태로 한승규 앞에 내놓는다는 건 불가능이다.

오후 4시, 학교에서 돌아오자마자 학원 가기 전에 짬을 내서 연습하는 건데 정성을 봐서라도 하늘은 내게 손맛이란 걸 내려 줄 때도 되지 않았나? 베이킹소다 양 조절이 아무래도 실패인 것 같았다. 그래도 사람은 희망의 끈을 놓아서는 안 된다고, 어느 책에서 봤던 것 같은데…… 달고나 장인이 되기까지의 갈 길이 얼마나 먼지 짐작할 수 없지만 똥에서 달이, 보름달로 업그레이드되었으니 오늘은 썩소라도 지어 봐야 하는 건가?

"이서율, 너 빨리 화장실 들어가서 청소해. 얼른!"

"왜, 내가 싼 똥도 아닌데!"

엄마가 내 입을 틀어막으며 머리를 들이박을 기세다. 그러더니 내 등을 화장실로 떠밀었다.

"진짜 이럴 거야, 할아버지 앞에서. 좋은 말로 할 때 들어."

할아버지는 속옷이나 바지에 실수를 하는 일은 절대 없으면서 매번 변기에 똥을 묻히곤 했다. 이쯤 되면 날 물 먹이는 건가 싶은 의구심도 든다. 그리고 변기통은 늘 내 차지다. 할아버지한테 한바탕 퍼부으려는 찰나 카톡이 왔다.

— 연락할게.

한승규였다. 연락한단다. 이건 단체 톡이 아닌 나에게만 보낸 개인 톡이다. 심장이 톡 알람처럼 경쾌하게 뛴다.

"이서율, 얼른 화장실 안 들어가?"

"들어가지, 내가. 지금 들어간다, 엄마!"

나는 고무장갑을 끼고 콧노래를 부르며 세제를 세숫대야에 풀었다. 까짓것 똥 냄새가 대수랴! 무슨 수를 써서든 봉사 활동 가기 전까지 한승규가 좋아하는, 완벽한 맛의 달고나를 만들어 가야지.

"할아버지, 모자 쓰세요. 밥 먹으러 나가야죠."

방문을 열자 내 예상이 딱 맞았다. 창가에 붙어서 노을 지는 광경을 바라보고 있는 할아버지가 눈에 들어왔다. 온종일 할아버지는 작은방에서 새장 속의 새처럼 창밖만 바라보았다. 해가 져야만 아빠가 집으로 돌아오니까.

"할아버지, 밥 아줌마가 식사하러 나오시래요."

한껏 움츠러든 어깨를 하고는 내 눈치를 보는 할아버지 모습에 살짝 짜증이 났다. 잠옷 차림에 중절모를 쓴 할아버지 모습은 우스꽝스럽기 짝이 없다. 할아버지는 중절모를 차분히 고쳐 썼다. 저쯤 되면 집착이다. 할아버지는 치매에 걸리고부터 유달리 중절모랑 한몸이 되었다. 중절모는 십여 년 전에 할아버지와 마지막으로 함께 간 여행 때 아빠가 사 드린 것이었다.

"나…… 돈 없어요."

"나도 알거든요. 엄청 맛있는 갈치조림 했어요."

나는 방을 나왔다. 물론 문을 닫지 않았다. 그래야 갈치조림 냄새가 방으로 풍겨서 할아버지가 나올 테니까. 뒤를 돌아보지 않아도 할아버지가 중절모를 만지작거리며 엄청 고민하고 있을 걸 나는 다 안다. 나는 속으로 숫자를 센다.

'하나, 두울, 셋!'

식탁 의자에 엉덩이를 내려놓자마자 할아버지가 부엌에 나타났다. 할아버지한테 엄마는 막내며느리가 아니라 밥집 아줌마다.

"할아버지, 어서 오세요. 식기 전에 맛있게 드세요."

엄마는 연기를 전공하지도 않았는데 우리 집에 할아버지가 오고 난 후 연기 실력이 나날이 늘고 있다.

"아줌마, 나 돈 없어요."

엄마가 권하는 자리에 앉으며 할아버지가 중절모를 벗었다. 할아버지가 모자를 벗었다는 것은 밥을 먹고 싶다는 뜻이다. 매번 같은 상황인데 미안해하는 기색이 역력했다.

"괜찮아요, 어르신. 이따가 아드님이 퇴근하고 밥값 준다고 전화 왔어요."

"그래요? 아줌마, 내가 꼭 밥값 주라고 할게요."

"네, 어르신이 이따가 꼭 말해 주세요. 갈치조림 드시고 싶다고 하셨다면서요? 다음부터 드시고 싶으신 것 있으면 저한테 말해 주세요."

"내가…… 아줌마한테 미안해서 그래요. 이렇게 매일 나한테 따뜻한 밥 해 주는데."

나는 이 코미디 같은 상황을 처음에는 어떻게 받아들여야 할지 몰랐다. 하지만 한 달이 지나자 그러려니 한다. 갈치 가운데 토막의 살점이 두툼하니 맛있어 보였다. 젓가락으로 살점을 집으려는데 엄마가 눈치를 줬다. 할아버지 먼저라는 무언의 압력에 나는 슬그머니 젓가락 방향을 돌렸다.

"아줌마, 우리 이태한도 갈치조림 좋아해요. 이거 나 안 먹고 우리 이태한 주고 싶은데……"

할아버지가 갈치조림 양념만 찍어 먹으며 말했다. 엄마는 그런 할아버지를 짠한 눈으로 보더니 할아버지 밥공기에 갈치 토막을 통째로 올려놓았다.

"어이구머니나! 이렇게 큰 걸."

할아버지의 외침을 깨끗이 무시하고 엄마가 웃었다.

"어르신, 이태한 씨는 매일 잘 먹고 다니니까 걱정하지 마시고 많이 드세요."

할아버지가 우리 집에 온 이유는 우리 집에 빈방 여유가 있다는 것이었다. 24평, 우리 집보다 큰 평수에 사는 큰아버지, 작은아버지가 할 소리는 아니었다. 게다가 우리 집은 자식이 나 하나라서 식비도 크게 들지 않느냐는 궤변까지 늘어놓았다. 말도 안 되는 이유들은 치매에 걸린 할아버지를 맡기 싫은 큰아버지와 작은아버지의 핑계에 불과하다.

어른들 일이라 모른 척하고 있지만 막내며느리인 엄마 입장에서는 불공평한 처사가 아닐 수 없다. 난색을 표했던 엄마가 할아버지를 집으로 모시기로 한 데에는 결정적인 한 방이 있었다. 그 한 방이 엄마의 심장을 꾸욱 눌러, 잊고 있던 엄마의 감성을 스위치 온 했기 때문이다.

"미안해요, 아줌마. 우리 태한이가 엄마가 없어서…… 배가 많이 고파요. 내가 우리 태한이 옆에 있어 줘야 해요."

앞뒤 문맥도 맞지 않는 그 말 한마디에 엄마는 할아버지의 짐 가방을 챙겨 들었다. 외할아버지를 일찍 잃은 엄마와 돌 지나고 나서 엄마를 잃은 아빠 사이에 내가 읽어 낼 수 없는 마음이 저장되어 있는 듯했다.

날이 갈수록 모든 기억을 잃어 가면서도 어떻게 할아버지는 이 태한이란 존재 하나만 손에 붙들고 놓지 않는 건지 모르겠다. 어떤 시련이 닥쳐도 내 첫사랑 한승규를 놓지 않으려는 내 마음과 같은 걸까?

할아버지는 아빠가 집에 없으면 절대 작은방 밖으로 나오지 않는다. 그나마 식사 때만 미안해하며 방 밖으로 나온다. 나는 한승규에게 톡을 보냈다.

— 연락한다며? 죽었냐?

너무 보채는 느낌을 주지 않으려고 뒤에 농담처럼 덧붙였다. 보내 놓고 살짝 후회가 되었지만 별수 없었다. 온 신경이 핸드폰에 쏠려서 괜히 소파에서 멀리 떨어진 장식장에 핸드폰을 두었다. 현관문 비밀번호 누르는 소리가 들리자 작은방 문이 열린다. 몸도, 정신도 온전치 않은 일흔일곱의 할아버지에게 현관문 비밀번호 누르는 소리만은 엄청 크게 들리나 보다.

"아버지, 다녀왔습니다."

현관에서 신발을 벗기도 전에 방문이 벌컥 열리고 할아버지가 나왔다. 할아버지가 오고부터 아빠의 퇴근 풍경은 완전히 달라졌다. 각자 하던 일을 하며 "왔어요?" 했던 엄마나 나와 달리, 할아버지는 아빠의 퇴근을 온몸으로 환영했다.

"우리 이태한이!"

할아버지는 앙상한 몸으로 배가 나온 아빠를 꼭 끌어안았다. 할아버지가 아빠를 얼마나 기다렸는지는 중절모를 쓰지 않고 방 밖으로 나온 것을 보면 알 수 있다. 할아버지는 작은방에서 나올 때면 잊지 않고 중절모를 챙겨 썼다.

한승규를 처음 봤을 때, 한승규는 운동장에서 야구를 하고 있었다. 베이지색 야구 모자를 쓴 모습이 무척이나 잘 어울렸다. 투수였는데 공 던지는 폼이 예술이었다. 스트라이크로 상대 타자를 잡고 나서 모자를 살짝 들어 올리는 모습에 반했다. 모자가 살짝 들릴 때마다 웃는 얼굴이 꼭 나를 향해서 미소짓는 것 같았기 때문이었다.

"태한아, 빨리 아줌마한테 밥값 줘라."

할아버지는 아빠의 손을 끌었다. 아빠는 옷을 갈아입기도 전에 등 떠밀려 엄마 앞에 섰다. 솔직히 이때가 제일 웃기긴 하다. 연기에 능숙한 엄마와 달리 아빠 얼굴은 벌겋게 변해 가니까.

"어르신이 오늘 갈치조림 백반을 맛있게 드셨어요."

엄마는 밥집 한 번 안 해 봤으면서 밥집 사장 흉내를 제법 잘 냈다. 할아버지가 우리 집에 와서 좋은 점이 있다면 인스턴트 식품을 서슴지 않고 내놓던 엄마가 제대로 된 요리를 하기 시작했다는 정도다.

"태한아, 아주머니한테 얼마냐고 물어봐야지."

할아버지가 어린아이 타이르듯 아빠한테 점잖게 한마디 했다. 아빠는 매번 하는 일인데도 영 적응이 안 되는 모양이었다. 그래도 주머니에서 지갑을 꺼내며 엄마에게 예의상 물었다. 콧구멍이 씰룩대는 것을 보니 아빠는 이 상황이 못마땅한 모양이다. 할아버지 앞에서 처음 밥값을 치렀을 때가 트라우마처럼 남았을 거다. 엄마가 돈을 돌려주는 줄 알았는데 싹 무시하고 엄마 지갑에 넣고는 그만이었기 때문이었다.

"아주머니, 밥값 얼맙니까?"

"만 원입니다, 사장님."

"뭐? 야, 한선화! 집에 있는 밥 차리면서 무슨 만 원씩이나 받냐?"

손을 내밀고 있던 엄마에게 할아버지가 허리 굽혀 사과했다. 그런 할아버지 모습에 아빠는 황당하다는 표정이었고 엄마는 당당하게 할아버지의 사과를 받았다.

"아줌마, 미안해요. 내가 우리 태한이한테 잘 말할게요. 내가 너무 비싼 걸 먹어서 그래요."

"아니에요, 어르신. 절대 비싼 거 아니거든요. 아드님이 밥값 주실 거니까 걱정 마세요."

나는 이 연극의 끝을 안다. 아빠는 투덜거리며 엄마 손에 만 원을 주었다. 그제야 다행이라는 듯 할아버지 얼굴에 미소가 번졌다. 할아버지 마음을 이용해서 밥값을 버는 엄마랑 매번 당하는 아빠를 구경하는 게 처음에는 재미있었지만 이제는 별로다. 맨 처음부터 엄마가 밥값을 받았던 것은 아니었다. 괜찮다고 외상값을 적겠다고 하자, 할아버지가 "나는 우리 태한이 그리 안 키웠소! 외상이라니!" 하고 호통쳤다. 엄마는 그때 할아버지가 제정신으로 돌아온 줄 알았다고 했다.

"태한아, 내가 너무 비싼 거 먹었지?"

"아니에요, 아버지. 하나도 안 비싸요. 저 아줌마가 강도예요, 날강도."

아빠의 말에 엄마가 눈을 흘겼다. 그러자 할아버지가 아빠를 점잖게 타일렀다.

"그럼 못써. 좋은 아주머니야. 반찬 솜씨도 좋고."

엄마는 할아버지를 향해 엄지손가락을 추켜세웠다. 옛날에 아빠랑 엄마가 결혼하기 전, 엄마 음식을 맛보고는 결혼을 허락했다고 한다.

"이런 음식을 만들 수 있는 사람이라면 진짜 널 사랑하는 사람인 게다. 정성을 다해야 이런 맛을 낼 수 있을 테니."

엄마의 음식 맛은 변하지 않았다. 엄마는 한결같은 마음으로 아빠를 사랑하나 보다. 비록 아빠가 강도라고 불러도 말이다. 그건 그렇고 한승규는 나한테 문자 한다고 해 놓고는 왜 아무 소식이 없을까? 연애를 시작한 친구들이 사랑은 밀당의 연속이고 자존심 싸움이라고 하지만, 나는 밀당이고 자존심 같은 건 나 몰라라 하고 싶은 심정이다. 나는 장식장 근처를 서성이다 카톡을 확인했다. 한승규는 여전히 내 톡을 읽지 않은 상태였다. 괜히 서운하고 울컥한 마음에 코끝이 찡했다.

오늘 급식은 비빔밥이다. 왜 비빔밥에 부추를 넣는지 이해할 수가 없다. 콩나물, 당근, 오이, 고기볶음, 호박, 시금치가 딱 적당하다. 시금치가 있는데 굳이 부추를 넣는 의도를 모르겠다.

"이서율, 부추 안 먹을 거면 나 줘."

규리가 방긋대며 제 숟가락을 내밀었다. 나는 규리의 숟가락에 부추를 얹었다. 키가 작고 귀여운 규리는 편식하지 않았다. 규리보다 키가 한 뼘이나 더 큰 내가 편식 대장이었다.

"이서율, 너 부추 싫어해? 이리 줘, 내가 먹을게."

한승규다. 한승규가 규리의 숟가락을 뺏더니 한입에 부추를 씹어 먹었다. 나도 모르게 인상이 찌푸려졌지만 한승규는 멋졌다. 요즘 애가 수상하다. 그냥 남자 사람 친구에서 이탈하려고 하는 것만 같다. 내 주위를 뱅글뱅글 맴돌지 않나, 체육 시간에 기구를 대신 들어 주질 않나, 지난주에는 화장실 청소까지 도와줬다. 오늘은 내가 싫어하는 부추까지 먹어 줬다. 이건 암시다, 한승규가 나를, 나를…….

"너, 어제 왜 연락 안 했어?"

최대한 무심한 척, 지나가는 말투로 물었지만 내 속은 난리법석이었다. 언제 한승규한테 톡이 올지 몰라서 새벽까지 잠을 설쳤다.

규리가 한승규와 나를 놀란 눈으로 바라보았다. 내 말에 한승규 얼굴이 새빨개졌다. 귀까지 빨개지는 모습이 새로웠다. 한승규 입가에 붙은 초록 부추가 싱그러워 보였다. 하마터면 손을 뻗어 한승규 입가에 붙은 부추를 뜯어 먹을 뻔했다.

"앗, 미안. 봉사 활동 알아보느라고. 이서율, 봉사 활동 어디서 할 건지 정했냐?"

"뭔 소리? 네가 기다리라며?"

"그래서 내가 다 세팅했지. 당장 이번 주말부터 할 수 있지?"

"어딘데?"

어디냐고 묻기는 했지만 한승규와 함께라면 어딘들 못 갈까. 중3이 할 수 있는 봉사 활동이란 게 대충 예상 가능했다. 묵묵히 밥을 먹고 있는 규리한테 한승규가 물었다.

"최규리, 봉사 활동 아직 안 정했으면 서율이랑 같이해. 셋이 갈 수 있어. 행복마을에 있는 요양 병원인데 힘든 일은 내가 다 할게."

한승규의 새로운 면을 봤다. 우리 둘만 가자니 쑥스러웠나? 내 생각과 달리 부끄러움이 많은가 보다. 게다가 내 친구까지 챙겨 주다니! 적잖이 감동이다. 밥을 남겼는데도 배가 불렀다.

"규리야, 같이 가자. 우리 셋이 하면 봉사 활동도 지겹지 않을 거야."

머뭇거리는 규리를 향해 한승규가 고개를 끄덕였다. 나는 그런 한승규가 괜스레 자랑스러웠다. 입가를 비집고 나오는 웃음기를 감출 수가 없어서 억지 재채기를 연거푸 했다.

남은 봉사 활동 20시간이 아쉬웠다. 20시간이 지나기 전에 한승규가 나한테 고백하려나? 오늘은 기필코 최고의 달고나를 만들고 말 테다! 머릿속 가득 달고나의 황금 비율을 가늠하기 시작했다. 달고나 고수 블로그를 봤더니 달고나의 쌉싸름한 맛을 없애는 관건은 베이킹소다 양을 잘 조절해야 한다는 설명이 있었다. 적절한 양의 베이킹소다를 넣었을 때 달고나 덩어리 색깔은 연베이지 빛깔에 가까웠다. 오늘은 달고나를 제대로 완성해 볼 수 있을 것 같은 예감이 들었다.

설탕과 베이킹소다의 비율은 한승규를 사랑하는 내 마음과 나를 배려하는 한승규의 마음을 적절하게 섞는 것만큼 쉽지 않은 일이었다. 어느 한쪽이라도 지나치거나 모자라면 달고나는 쓴맛이 나니까.

뭐가 잘못돼도 한참 잘못됐다. 셋이 같이 왔으면 일도 같이 시켜

야지, 나만 따로 떨어져서 급식 도우미를 맡았다. 한승규와 규리는 어르신들 산책 도우미로 뽑혔다. 도대체 어떤 기준으로 역할 분담을 나누는지 이해할 수가 없다. 혹시나 해서 간밤에 이불을 뒤집어쓰고 한승규랑 딱 붙어서 봉사하게 해 달라고 하느님, 부처님, 심지어 알라신한테도 빌었다. 기도의 대가가 이런 시련이라니!

"서율아, 내가…… 바꿔 줄까?"

규리가 미안한 얼굴로 제안했지만 나는 쿨한 척 "에이, 원칙대로 해야지. 괜찮아." 했다. 괜한 짓이었다. 진짜 쿨하지도 못하면서 한승규가 날 보고 있다는 것 때문에 엄청 쿨한 척했다. 그래도 나름 한승규한테 멋진 이미지를 보여 준 것 같아서 마음이 조금 가벼웠다.

"오오, 원리 원칙을 따르는 이서율!"

한승규는 내 대답을 듣고 규리한테 윙크까지 했다. 조리실로 발길을 돌리는 내 등을 툭툭, 두드려 주기도 했다.

사랑요양병원 조리실은 우리 학교 급식실과 크게 다르지 않았다. 문제는 조리실과 하나로 이어진 급식실 주위로 창밖이 훤히 보인다는 것! 창밖의 오솔길이 어르신들의 산책로였다. 나는 영양사 아줌마가 건넨 펑퍼짐한 조리복과 장화, 장갑, 위생모를 썼다. 안 그래도 통통한 내 몸을 더욱 동그랗게 만드는 패션이었다. 거울에 비춰 본 내 모습은 흡사 유부초밥 같았다.

오늘의 점심 메뉴는 콩국수와 메밀전병이다. 가게에서 파는 콩국물을 사면 될 것을 봉사자들은 하루 종일 콩 껍질을 까고 씻고

삶느라 야단이었다. 땀이 위생복 사이를 비집고 흘렀다. 한승규한
테 잘 보이려고 새벽부터 비비크림을 정성껏 발랐는데 땀 때문에
물광 피부는 흔적도 없이 사라졌다. 콩을 씻다가 허리가 아파서 등
을 펴고 일어섰다. 하필이면 창밖에 있는 한승규랑 눈이 마주쳤다.

'아이씨, 얼굴이 엉망일 텐데.'

내 속도 모르고 한승규가 내게 손인사를 했다. 나는 반가운 척
손을 흔들었다. 규리와 한승규는 할아버지 한 분을 나란히 부축했
다. 한승규가 부축하는 할아버지가 나였으면 좋겠다. 뭐가 그리 즐
거운지 한승규와 규리는 할아버지 손을 잡고 떠들고 웃어 댔다. 갑
자기 아랫배가 싸하게 아파 왔다. 배가 꼬인 듯 통증이 점점 심해졌
다. 배 속의 창자가 꼬이면 꼬일수록 창밖으로 함박웃음을 짓는 한
승규의 표정이 점점 더 환해졌다. 그리고 그 시선 끝자락에 함께 웃
고 있는 규리의 얼굴이 걸렸다.

"그냥 함께 웃는 거야, 아무것도 아니라고."

아픈 배를 손으로 살살 문지르며 주문을 외듯 중얼거렸다. 할아
버지를 부축하던 규리가 휘청거리자, 눈 깜짝할 사이에 한승규가
규리를 붙잡았다. 규리의 팔을 꼭 잡은 한승규의 손……. 한승규는
한참 동안 규리를 잡고서 놓지 않았다. 나도 모르게 꽉 움켜쥔 주
먹 탓에 손바닥에 손톱자국이 톱날처럼 새겨졌다. 아팠다.

'뭐가 이렇게 많아? 누가 이 콩을 다 먹는다고!'

순간 콩이 가득한 바구니를 뒤집고 싶었으나 나는 차오르는 화
를 누르며 흐르는 물에 콩 바구니를 힘차게 흔들었다. 콩 껍질이

물에 흘러 하수구로 빨려 나갔다.

전생에 나는 수라간 무수리였나? 국자를 쥔 손에 힘이 잔뜩 들어 갔다. 밥이라도 한승규랑 같이 먹을 줄 알았는데 배식이 끝난 다음에 점심을 먹으란다. 그 말을 들을 때 나는 영양사 아줌마를 힘껏 노려봤다. 그런데 내 눈은 생긴 모양새가 화가 나도 웃는 것처럼 보이는 게 문제다. 눈썹이고, 눈꼬리고 곡선으로 휘어져 있어서 눈에 힘을 줘 봐야 소용없었다.

"이서율, 힘들지? 그래도 더운데 너라도 실내에서 일하니 다행이다. 그치, 최규리?"

한승규의 말을 듣고 울컥했다. 하도 규리랑 얼굴을 맞대고 웃기에 잠깐 '혹시 쟤가?' 하고 의심했다. 의심은 불안증을 낳고 불안증은 마음을 병들게 하고 나 스스로를 지치게 만든다. 같이 봉사 활동을 한다고 좋아했던 게 무색할 만큼 사랑요양병원에서 같이한 일이 무엇인가 생각해 보면 아무것도 없었다. 내 머릿속에 남은 건 산책로를 나란히 걷는 한승규와 규리의 웃는 얼굴이 눈부셨다는 것뿐이었다.

"이서율 학생처럼 의젓하고 착한 학생은 처음이네."

학원 때문에 먼저 간다는 한승규의 톡을 물끄러미 보고 있는 내게 봉사 온 어른들이 칭찬을 아끼지 않았다. 내 기분은 그야말로 완전히 똥이었다. 머리가 어지러웠다. 얼굴도, 마음도, 엉망으로 찌그러지기 시작했다. 사방팔방에서 지독한 냄새가 나를 꽁꽁 싸매는 기분이었다.

"서율아, 너 한승규랑 중2 때부터 친했었어?"

반나절 봉사 활동을 함께했다고 규리는 한승규에게 관심이 부쩍 많아진 것 같았다. 다른 때였다면 규리 말이 반가웠을지도 모른다. 내 단짝이 내가 좋아하는 애에 대해 궁금해하는 것은 내 사랑을 응원하는 사람이 있다는 것이니까. 하지만 나는 내가 몰랐던 낯선 규리를 보는 것 같아서 당혹스러웠다.

"너, 그거 아니? 승규, 규 자가 내 규 자랑 한자가 똑같아. 헤아릴 규 자를 쓴대. 놀랍지?"

나는 묵묵히 바닥만 보고 걸었다.

'그렇게 떠들지 말고 내 마음을 헤아릴 생각이나 하시지.'

한승규와 웃으며 시간을 보냈을 규리가 점점 미워지려고 했다. 나는 가방에 넣어 온 달고나를 이제야 꺼냈다. 주인에게 가지 못한 달고나가 진득하게 녹아 비닐 포장에 눌어붙어 있었다. 나는 툭, 달고나를 반으로 잘랐다. 아주 잠깐 규리에게 나눠 주지 말까 생각하기도 했다. 달고나를 받아 입안에 넣은 규리가 우물거리며 물었다.

"서율아, 너 한승규한테 관심 없어? 그냥 절친인 거야?"

"그게 왜 궁금해? 딱 보면 알잖아."

나의 역습에 규리는 당황했는지 눈을 깜짝거렸다. 이 순간만큼 나는 거짓말쟁이였다. 나 자신도 한승규의 마음을 모르는데 규리한테 딱 보면 알지 않냐고 우격다짐하다니!

"달고나 맛 어때, 규리야?"

침을 꼴깍 삼키는 규리를 빤히 바라보았다. 목으로 침을 꿀꺽 삼키는 모습이, 마치 무언가 비밀을 몰래 삼키는 것처럼 느껴졌다. 반들거리는 규리의 입술이 천천히 열렸다. 그리고 내 귓가에 또렷하게 박히는 한마디.

"서율아, 네 달고나 정말 달고 맛있어."

나는 내 손에 있는 달고나 반쪽을 입에 넣고 우적우적 씹었다. 횡단보도 앞에서 나는 빨간 신호등을 뚫어져라 노려보았다. 내 달고나는 결코 달고 맛있지 않았다. 기분 나쁠 정도의 달큰함 끝에 쓴맛이 입안 가득 차지했다.

할아버지가 똥을 쌌다. 냄새가 지독했다. 이런 법이 없었는데 할아버지가 실수를 했나 보다. 거실 창이며 부엌 창까지 집 안의 창문들이 활짝 열려 있었다.

"서율아, 화장실로 가서 청소 좀 해."

엄마는 내가 집에 들어서자마자 말했다. 주말에만 옷가게 아르바이트를 하는 엄마는 연신 벽시계를 보았다. 아무래도 아르바이트 시간에 늦은 모양이다.

"봉사하고 오느라 힘들어 죽겠는데 나한테 꼭 그래야겠어?"

타이밍이 거지 같았다. 나는 속상한 마음을 참지 못하고 괜한 엄마한테 성질을 부렸다. 엄마는 할아버지 눈치를 슬쩍 보더니 나를 향해 이를 드러냈다.

"조용히 하고 얼른 화장실로 가."

엄마는 할아버지 손을 잡고 새 옷을 갈아입으시라고 설득했다.

하지만 할아버지는 먼 산을 보며 딴소리다. 아빠랑 소풍을 가고 싶다는 거였다.

"아줌마, 우리 이태한한테 전화 좀 해 주세요. 빨리 집에 와서 나랑 놀러 가자고."

하긴 할아버지는 우리 집에 온 이후 제대로 된 외출을 한 적이 없었다. 중절모를 만지작거리는 손놀림이 점점 빨라지더니 급기야 할아버지는 울먹였다.

"아휴, 미치겠네. 이 남자는 왜 또 전화를 안 받아?"

엄마는 휴대폰을 붙들고 초조한 기색이었다. 주말이고 공휴일도 없이 일하는 자동차 딜러인 아빠가 엄마 전화를 받았던 적이 몇 번이나 될까.

"엄마, 걱정 말고 알바 가. 내가 다 알아서 할게."

평소라면 네가 뭘 알아서 하냐고 면박했을 텐데 급하긴 급했나 보다. 엄마가 소파에 던져 놨던 가방을 움켜쥐더니 부탁한다며 뒤도 안 돌아보고 나갔다.

나는 작은방 문지방에 서서 할아버지를 바라보았다. 주홍빛 노을이 주름 사이사이에 파고들었다. 쓸쓸하단 생각이 들었다. 나는 한승규 때문에 나조차도 알 수 없는 수많은 감정을 쌓아 가는데 할아버지는 수십 년 동안 차곡차곡 쌓아 놓은 기억들을 잃고 있었다.

"할아버지, 마음도 쓸쓸한데 우리 마트나 갈래요?"

할아버지는 대답이 없었다. 중절모 끝자락을 만지작거릴 뿐.

"소풍 가요. 달이 만들어 줄게요."

나는 돈이 없다고 중얼거리는 할아버지 머리에 중절모를 슬그머니 얹었다. 매번 달고나를 얻어먹고도 돈 낼 생각조차 안 했으면서 새삼스레 별소리다. 나는 그저 어깨를 으쓱해 보이며 할아버지에게 빨리 가자며 손짓했다.

베이킹소다를 집어 들었다. 마트의 설탕 코너를 몇 번이나 서성거렸다. 설탕도 다 떨어진 것 같아서 설탕을 고르는데 기왕이면 건강을 생각해서 황설탕을 골랐다. 엄마가 봤다면 달고나 자체가 건강과 거리가 먼데 무슨 쓸데없는 짓이냐고 했을 것이다. 건강과 다이어트에 좋다는 자일로스 설탕에 눈이 갔지만 나는 질끈 눈을 감았다.

"할아버지, 우리 아이스크림 하나씩 먹을까?"

돈 없다고 할 줄 알았는데 대답 대신 할아버지가 냉장고 앞으로 갔다. 여러 종류의 아이스크림 앞에서 할아버지는 잠깐 당황한 눈치였다. 나는 그런 할아버지가 작은 소년처럼 느껴졌다. 소년이었을 때의 할아버지도 첫사랑을 했겠지? 나는 팥 아이스크림 하나를 골라 들었다.

"내가 쏘는 거야, 할아버지. 이거 이태한 씨가 제일 좋아하는 맛."

이태한 씨가 좋아한다는 말에 할아버지 눈매가 부드러운 곡선을 그렸다. 할아버지는 군말 없이 팥 아이스크림을 받아들었다. 우리는 아이스크림을 입에 물고 공원을 가로지르는 산책로를 택했다. 걸음을 옮길 때마다 다리에 스치는 비닐봉지 소리가 듣기 좋았다.

"할아버지, 내가 만든 보름달이 어때? 할아버지는 돈도 안 내고 먹으면서 평가 한 번 안 하더라?"

"언니 나 돈 없어요."

"그러니까 돈 대신 내 달고나 실력이 어떻냐고? 냉정하게 말해 봐요."

"언니 달이는……."

내 눈치를 보더니 할아버지가 입을 달싹거렸다. 아이스크림이 녹아 할아버지 구두코에 뚝뚝 떨어졌다.

"제대로 말 안 하면 앞으로 달이 안 만들어 줄 거야. 할아버지, 그래도 좋아요?"

"음, 언니. 언니 달이는 아주 단데…… 써…… 써요."

'엥? 달달한데 써? 그건 도대체 어느 나라 맛이냐?'

누군가에게 묻고 싶었다. 달달한데 쓴맛이라니! 어처구니없어서 헛웃음이 나왔다.

"할아버지, 아주 달달한데 쓴맛은 없……."

내가 알지 못한다고 해서 무조건 단정 짓는 행동만큼이나 바보 같은 일이 또 있을까. 그리고 난 이미, 봉사 활동 날에 그 맛을 알아 버렸다.

한승규리.

반 아이들이 칠판에 두 사람의 이름을 하나로 묶어 장난칠 때만 해도 나는 재미있다고 웃을 수 있었다. 그런데 지금은 아니다. 이 세상에 달달하고 쓴맛은, 존재한다.

"이서율!"

한승규였다. 사거리 코너를 돌아가려는데 한승규가 잠깐 이야기할 수 있냐고 제법 심각한 얼굴로 물었다. 할아버지는 내 곁에 찰싹 달라붙었다. 우리 할아버지란 말에 한승규가 예의 바르게 인사를 드렸다. 우리는 근처 편의점으로 향했다. 할아버지는 옆 테이블에 앉혀 두고 내 시야에서 벗어나지 않을 딱, 그만큼의 거리에서 나는 한승규와 이야기를 나눴다.

"하고 싶다는 말이 뭔데?"

순간, 규리가 했던 말이 떠올랐다. 자신의 규와 승규의 규 자가 똑같다는 말.

"나 좀 밀어주라, 서율아."

"뭐…… 뭘?"

"나, 최규리한테 관심 있어. 규리, 네 친구잖아. 네가 말 좀 잘 해줘, 응?"

한승규가 나를 보고 웃었다. 멋쩍은 웃음이었다. 내 두 눈을 힘껏 찌르고 싶었다. 하지만 나는 내 눈의 고통마저 이기지 못하는 나약한 인간이었다. 한승규가 진심을 담아 고백하고 있었다. 내가 한승규를 하루이틀 알고 지냈나. 나를 향해 웃는 저 얼굴…… 저 미소는 그동안 나에게 보여 줬던 미소랑 질적으로나 달랐다. 완벽하게 나는 이 애의 첫사랑이 될 수 없음을 드러내는 미소였다.

'아, 그렇게 웃지 말란 말이야!'

아무리 악을 써 본들 가슴 안에서 맴도는 나의 바람은 한승규의 귀에 닿지 못한다.

"첫사랑이야."

최규리가 자신의 첫사랑이라고 똑똑히 밝히는 한승규를 보며 화나고 실망하고 속상하고 슬프고 그러다가 아무렇지 않은 척 내 마음을 위장하고 싶은 허세를 부리고 싶었다. 내가 만약 스무 살이 었다면, 서른이었다면, 내 첫사랑이 실패로 돌아갔어도 의연할 수 있을까.

"이서율, 응? 도와주라. 부탁한다."

나는 묵묵히 발길을 돌렸다. 아직 한참이나 남은 아이스크림은 쓰레기통에 던져 버렸다. 그런 나를 보더니 할아버지도 한 입이면 다 먹을 양의 아이스크림을 쓰레기통에 밀어 넣었다. 집으로 빨리 가야 하는데 발길이 떨어지지 않았다. 한승규는 제 할 말을 하고 사라진 지 한참이나 되었는데, 나만 제자리다.

"할아버지…… 나는 내가 너무 싫어."

밑도 끝도 없는 말이었다. 그런데 가만 있다간 눈물이 날 것 같았다. 마음속에서 나도 통제하지 못할, 이름조차 달아 주지 못할 감정들이 소용돌이쳤다.

"왜요, 언니?"

"태어나서 처음 좋아한 애한테 사랑 받지 못하는 내가…… 나는 좋아하는 마음을 걔한테 아직 보여 주지도 못했는데……. 정말 내가 싫어."

"나쁜 말이에요."

나는 두 눈을 부릅떴다. 그리고 내 사랑이 실패라는 것을 똑바로 보기로 결심했다. 그래야 포기가 빠를 테니까. 눈물이 나올까 봐 겁이 났다. 얼굴이 일그러질 정도로 눈에 힘을 줬다. 미간이 종잇조 각처럼 구겨졌다. 그래봤자 또 눈이 스마일로 안 처지면 다행이지.

"아프면 울어도 돼요. 이태한이, 우리 아들이 아프면 참지 말고 울어도 된대요."

다른 사람은 몰라도 할아버지 앞에서는 절대로 울지 않을 거다. 당신 나이도 헷갈려 하는 사람 앞에서 울다니, 왠지 양심도 없는 애처럼 느껴졌다.

할아버지가 내 손을 잡아끌었다. 아이스크림이 녹은 탓에 손이 끈적거렸다. 집으로 돌아가는 길은 후텁지근했다. 몸은 점점 늘어 지고 보폭은 점점 짧아졌다.

한승규리는 되는데 한승규와 나, 이서율 사이는 어떻게 해도 이어 질 수 없는 것이다. 좋아해 달라고 떼를 쓴 것도 아니고 그냥 내가 좋 아하는 동안, 내가 아닌 그 누구도 좋아하지 않는 상태로 있으면 안 되는 것일까? 너무 이기적인 욕심 탓에 나는 벌을 받고 있는 건가?

횡단보도만 건너면 우리 아파트 단지다. 할아버지가 내 앞을 가 로막았다. 천진난만한 얼굴로 환하게 웃고 있었다. 내 가슴엔 커다 란 구멍이 뚫려 버렸는데 할아버지는 이토록 시원하게 웃고 있다 니! 얄미워지려고 한다. 나에게 부탁한다던 한승규의 웃는 모습이 떠올라 더욱 속상했다. 내 마음 따위는 이해받지 못하고 외면당했 다고 생각하니, 심장이 조각나는 기분이었다.

"할아버지, 그만 웃어. 안 그러면 달이 안 만들어 줄 거야."

신호가 바뀌고 나는 성큼 도로를 향해 발을 뻗었다. 신호를 무시하고 횡단보도를 쌩하니 지나쳐 가는 자동차에 놀랄 법도 한데 내 심장은 더한 충격을 받은 터라 꿈쩍도 않는다.

할아버지가 내 눈치를 보며 슬금슬금 따라왔다. 내 뒤를 졸졸 따라왔는데 어느새 은근슬쩍 내 옆에 나란히 걷는다. 일부러 부동산 옆 지름길을 놔두고 문구점을 에둘러 가는 길을 택했다. 달큰한 냄새가 풍겼다. 달고나 아저씨가 나와 있었다. 초등학생으로 보이는 아이들 서너 명이 쪼그리고 앉아 달고나 만드는 과정을 구경하고 있었다.

'그래, 맞아. 이서율, 넌 단것 별로 좋아하지 않았잖아.'

사랑에 빠진 동안 나는 나를 잊고 있었다. 난 단것보다는 언제나 짭조름한 것을 입에 넣었다. 과자도 초콜릿을 바른 것보다 짭조름한 치즈맛이나 감자칩이 좋았다. 그렇게 짠맛을 선호하더니 눈물 짤 일만 생긴 것인가? 내가 짭짤한 것을 좋아한다는 건 내 인생의 암시였나? 조만간 내가 돕지 않아도 한승규는 제 스스로 규리에게 좋아한다고 고백할 것이다. 숨을 못 쉬겠다.

달고나 아저씨가 문구점 앞에 나타났을 때, 한승규가 달고나 마니아라는 정보를 입수했을 때, 나는 저 달고나 향기가 세상 그 어떤 냄새보다 좋았다. 그리고 한승규가 좋아하는 것을 내 손으로 직접 만들어 주고 싶었다. 그 마음은 곱고 예뻤다고 믿는다. 지금도 그 마음만은 가짜가 아니었다고, 그 마음만은 함부로 생각하지 않기로 다짐했다.

세수를 하고 옷을 갈아입고 부엌으로 가기 전에 작은방으로 향했다. 할아버지는 또 창문에 딱 붙어서 하늘을 올려다보고 있었다. 아빠를 기다리는 시간이었다.

"할아버지, 달이 만들 거야."

할아버지가 천천히 나를 돌아봤다. 나는 '이번이 마지막이야.'라는 말은 하지 않았다. 할아버지는 잠옷 차림에 중절모를 쓰고 내 뒤를 따라 방에서 나왔다.

식탁 앞에 허리를 꼿꼿이 세우고 앉은 할아버지는 전처럼 콧노래를 흥얼거리지 않았다. 국자를 손에 들고 나도 더 이상 할아버지 콧노래 소리에 맞춰 설탕을 나무젓가락으로 휘젓지 않았다. 그저 묵묵히 습관적으로 나무젓가락을 움직였다. 문제의 베이킹소다 양을 아주 조심스럽게 젓가락 끝에 콕 찍었을 뿐이었다. 국자 안에서 달고나 덩어리가 서서히 제 빛깔을 드러낼 즈음, 아주 오래전 익숙하게 들렸던 목소리가 내 마음을 쓸어 주었다.

"너는 좋은 애야."

치매를 앓기 전, 할아버지 목소리 같았다. 그래서 나는 국자를 휘젓던 손을 멈추고 할아버지를 흘끔 쳐다봤다.

"아뇨. 나는 내가 세상에서 제일 미워. 싫어."

"그러지 마요. 너는 좋은 애야."

"왜? 한승규는 딴 애가 좋다는데?"

내 가슴속에 단단히 동여맬 비밀을 툭, 할아버지 앞에 털어놓고 말았다. 할아버지는 한승규가 누군지도 모르면서 내 말에 또박또박 대답해 주었다.

"넌 밥 아줌마 딸이니까. 좋은 애야. 아주 좋은 애."

그래, 나는 좋은 애로 살기로 했다. 첫사랑이 실패로 끝났다고 인생이 끝난 건 아니니까. 열심히 잘 살다 보면 다음 사랑도 다가오지 않을까?

타지 않게 국자 안을 젓가락으로 잘 휘저었다. 이제 베이킹소다 양을 잘 조절하면 끝이다. 사랑의 마음과 슬픔과 원망과 질투도 함께 휘휘 저었다. 잘 섞여서 달콤해지라고. 마지막이니 이제는 제대로 된 맛을 내는 법을 알려 줘도 괜찮지 라고. 제법 괜찮은 냄새가 풍겼다. 다 된 달고나 덩어리를 쟁반 위에 탁, 떨구었다. 지금까지는 성공이었다. 그 여느 때보다 연한 베이지색 덩어리가 먹음직스러웠다. 할아버지가 내 곁에 서서 달고나가 만들어지는 국자를 들여다본다.

"언니는 이름이 뭐예요?"

이제 나는 할아버지의 언니 소리에도 짜증을 내지 않게 되었다.

"내 이름은 이서율."

"이서율, 참 예쁜 이름이네."

예쁜 것이 당연했다. 할아버지가 지어 준 이름이니까. 나는 할아버지에게 모양 틀을 고르게 했다. 매번 별 모양을 고르던 할아버지에게 안 된다고 억지로 하트 모양의 틀만 선택하게 했던 내 모습이 떠올랐다. 나는 별 모양 틀을 손에 집어 들었다. 그러자 할아버지가 고개를 가로저었다.

"저거요, 사랑 모양."

하트가 제대로 찍혔다. 달고나 덩어리에 너무 깊지도 얕지도 않게.

나는 완성한 달고나를 나무젓가락에 꽂아 할아버지 손에 건넸다. 반말로 대화한다지만 할아버지는 할아버지다. 찬물에도 위아래가 있지, 달고나도 할아버지가 먼저다. 할아버지가 달고나를 수줍게 받아들었다. 돈 없어도 괜찮다는 눈짓을 했다. 할아버지는 달고나를 한 입 빨아 먹더니 나를 보고 속삭였다. 주름진 입술이 달달한 빛으로 물들었다.

우리는 달고나를 함께 깨물었다. 나는 울었고 할아버지는 웃었다. 기묘한 일이었다. 첫사랑을 잃은 내가 우는 것은 당연했다. 그러나 더한 것을, 모든 기억을 깡그리 잊어버린 할아버지가 저토록 환하게 웃는 것은 반칙이었다. 크게 잃었다면 더 크게 울어야 맞는 것이 아닐까?

"내 이름은 이관웅이에요. 우리 아들은 이태한."

시계가 오후 4시를 가리키고 있었다. 다음에 달고나를 만들 때면 내가 아는 이관웅 할아버지에 대해 이야기 해 줘야겠다. 이관웅 할아버지가 다섯 살 때 나를 얼마나 많이 업어 줬는지, 연 날리는 방법을 어떻게 가르쳐 줬는지, 그리고 첫사랑에 실패한 내 마음을 어떻게 위로해 줬는지를 말이다.

기념일의 무게

사느냐 죽느냐, 그것이 문제였던 셰익스피어도 열여섯 살에는 헤어지냐, 마느냐로 고민을 했으려나? 사실, 지난주만 해도 국어 수행 평가가 걱정이었지 기념일 때문에 머리가 아플 것이라고는 상상조차 못 했다. 이게 다 한승규의 입방아 때문이다.

　"너네는 천 일이니까 좀 거창해야 하지 않겠냐?"

　천 일의 압박을 예상하지 못한 내 잘못이었다. 다빈이와 사귄 지 다음 달이면 천 일이 된다. 첫 고백의 떨림은 기억조차 가물거리고 밥 먹고 똥 싸고 책가방을 메고 학교와 학원, 집을 왔다갔다 한 것이 전부인데 다빈이와 벌써 천 일을 기념해야 하다니! 세월이 어떻게 흘렀는지 놀라울 따름이다.

　우리는 특별할 것 없는 커플이다. 같은 아파트 단지에서 살았고 초등학교를 함께 다녔다. 사춘기를 겪으면서 주위 친구들이 자연스럽게 누군가를 사귀고 헤어지기를 반복하는 동안 나는 눈이 오나 비가 오나 바람이 부나 한결같이 다빈이와 등하교를 했다. 평범하고 평온한 일상이었다. 집이 가깝다는 이유로 우리의 관계까지 가까워질 필요는 없지만, 우리가 서로에게 관심을 갖게 된 요인으로는 물리적 거리를 무시할 수는 없었다. 등하굣길에 오갔던 수많은 고민과 우스갯소리들이 다빈이와 나 사이의 밀도를 높였다.

"사귈까?"

간단하게 말했지만 입 밖으로 내뱉기까지 몇 날 며칠을 고민하고 연습했는지는 신만이 아실 것이다. 잠들기 전에 누워서 달랑 삼 음절뿐인데 성량, 음성을 다양하게 바꿔 가며 가장 자연스럽고 평범한 발성을 완성했다. 여느 날과 다름없이 함께 집으로 돌아가던 길이었다. 다빈이가 조용해서 거절의 뜻으로 해석하고 있었는데 아파트 상가의 문구점 앞에서 걸음을 멈췄다. 정확히는 문구점 입구에 있는 뽑기 기계 앞에서 내 고백을 받아 줬다.

"기념으로 우리 이거 같이 해 보자."

함께 뽑기 기계의 손잡이를 돌렸다. 첫 고백에, 처음 손을 맞잡고 반지를 뽑았다. 조악한 플라스틱 반지가 아니라서 다행이라면 다행이었다. 반짝이는 은반지라고 믿었는데 중3이 된 지금 되돌아보니 쇠 냄새 풀풀 풍기는 가짜 은반지쯤 되겠다. 다빈이는 그 가짜 반지를 여태 간직하고 있었다. 나는 잃어버린 지 오래인데 잃어버렸다고 했을 때도 "어쩔 수 없지, 뭐."가 반응의 전부인 애가 다빈이였다.

오늘 급식실에서 다빈이에게 물었다. 어차피 센스가 없는 인간이라 대놓고 물었다. 뭘 좋아하냐고.

"나, 피자. 페퍼로니 피자. 알잖아?"

해맑게 대답하는 다빈이 때문에 속 터질 뻔했다. 꽃은 뭘 좋아하냐고 물었다.

"환타지아."

처음 듣는 꽃이었다.

'얘가 무슨 환타지가 있나?'

우리만큼 서로 잘 아는 커플은 없다고 믿었는데 내 오판이었나 보다. 학원 스케줄이 서로 바빠서 예전만큼 대화를 나누지 못한 탓이었다.

"김태윤. 나, 왕 다이아몬드 반지가 너무너무 예쁘더라. 흐흐흥."

농담이라고 확신했는데 생글거리는 다빈이 얼굴을 보니 진심이냐고 되묻지 못했다. 동그란 눈으로 나를 쳐다보는 눈빛도 유난히 다정해서 '너, 지금 이 말…… 뻥이지?'라고 차마 입을 뗄 수가 없었다. 내가 좋아하는 제육볶음이 나왔지만 급식을 남기고 말았다.

금은방이 눈에 들어왔다. 학원 가는 길목에 있는 금은방은 평소에 눈길조차 가지 않던 곳이었는데 오늘따라 유독 휘황찬란해 보였다. 천 일에는 제대로 된 반지를 사 주고 싶은데…….

'다이아몬드라니! 김다빈, 제정신이야?'

진열대에 가지런히 있는 금반지들이 아름다웠다. 다이아몬드 대신 실반지라도 좋으니 금이라면 딱이겠다. 그러나 내 현실은 오늘

날씨처럼 냉혹했다. 젠장, 금값이 너무 올랐다.

평소와 달리 고민을 많이 한 탓인지 유난히 허기졌다. 어차피 보
강 수업이니 5분 늦는다고 지구가 멸망할 것도 아니고 뜨끈한 어
묵 국물을 마시며 난생처음 알아본 금값 시세에 놀란 가슴을 진정
시켜야겠다.

"사장님, 떡튀⋯⋯ 아니, 어묵 하나 먹을게요."

든든하게 먹으려고 떡튀순을 시키려다가 참았다. 지금은 한 푼이
라도 아쉬운 때! 천 일 이벤트를 생각한다면 한승규가 호시탐탐 노
리는 내 클래식 배트카를 팔아서라도 자금을 마련해야 한다.

천천히 어묵을 씹었다. 호로록, 뭘 해야 할까?

천천히 어묵 국물을 마셨다. 후루룩, 뭘 하면 돈을 많이 벌 수 있
을까?

천천히 어묵 국물을 입에 넣고 가글하듯 굴렸다. 호록, 후루루룩,
시간에 구애받지 않고 자유롭게 할 수 있는 일은 어디에 있을까?

"할머니! 그쪽 말고 이리 오세요. 제가 박스 따로 모아 놨어요. 가
져가세요."

앗, 뜨거워.

분식집 사장님 외침에 뜨거운 국물을 그대로 삼켰다. 박스 더미가
천천히 분식집을 향해 오고 있었다. 박스 더미가 스스로 움직이는가
싶었는데 체구가 작은 할머니 한 분이 박스가 가득 실린 손수레를
힘겹게 끌고 있었다. 허리도 제대로 펴지 못하는 모습이 안쓰러웠다.

"아이고, 고마워요. 복 받으실겨."

"복은요. 어르신 덕분에 가게 주변이 항상 정갈해지는데요, 뭘."

오가는 말이 어묵 국물만큼 훈훈했다. 그러나 정작 내 심장을 뛰게 만든 건 수레에 차곡차곡 쌓인 박스 더미의 경제적 효과에 관한 것이었다.

"어르신, 일이 고되지 않으세요? 쉽지 않으실 건데……."

사장님이 할머니의 손수레를 붙잡아 주었다. 나는 어묵을 씹으며 손수레에 한가득 실린 구겨진 박스, 찢어진 박스, 멀쩡한 박스, 접힌 박스들을 눈에 담았다. 뉴스에서 사회취약계층 언급할 때면 노후 대책의 심각성을 조명하며 자료 화면으로 폐지 줍는 노인들의 모습을 제시했던 것이 오버랩되었다.

"죽으면 썩을 몸, 움직일 수 있을 때 즐겁게 써야지 고되기는. 고되지 않은 인생이 세상에 있을까."

논술 학원에 가지 않아도 할머니의 멘트는 감동적이면서 인상적이었다. 할머니는 분식집 사장이 공짜로 권하는 어묵도 마다했다. 흙 파서 장사하는 것도 아닌데 왜 함부로 공짜를 주느냐는 것이다. 삶의 철학도 확실한 분이었다.

달랑 어묵 하나 먹고 공짜 국물을 두 컵째 들이켜다가 사레가 들리고 말았다. 슬그머니 어묵값을 내밀자, 사장님이 국물은 공짜인데 더 마시고 가지 그러냐는 말에 볼이 화끈거렸다.

손수레가 눈앞에서 느리게 움직였다. 거대한 산이 움직이는 것 같았다. 체구가 유달리 작은 할머니가 끌고 있는 까닭일까. 겨울이라 어둠이 일찍 내려앉았다. 도시의 불빛도 할머니의 손수레는 비껴가는 듯했다. 손수레가 골목을 벗어나려는데 누군가 할머니를 불러 세웠다. 중년 사내가 할머니를 붙잡고 뭐라고 하는 것 같았다. 나는 점퍼 주머니에서 휴대폰을 꺼냈다. 여차하면 경찰에 신고해야 하나 싶었다.

'할머니한테 여기는 자기 구역이니까 폐지 맘대로 줍고 다니지 마라, 뭐 그런 건가?'

언젠가 다빈이가 골목에서 할아버지들이 폐지 갖고 싸우는 모습에 충격을 받았다고 했던 게 떠올랐다. 아무래도 할머니를 도와야겠다고 마음먹고 가까이 다가갔다.

"아이고, 이러지 않아도 돼요. 내 힘으로 돈 버는데……."

할머니가 중년 사내의 손을 뿌리치고 있었다. 뭘까, 하고 보니 오만 원짜리 지폐를 만류하는 것이었다.

"할머님, 받으세요. 제가…… 돌아가신 저희 어머니가 생각나서 그래요. 날도 추운데 따뜻한 거 사 드세요."

오만 원 지폐가 이쪽에서 저쪽으로 왔다 갔다 오가기를 두어 번 끝에 무사히 할머니 손에 안착했다. 돈을 건넨 중년 사내는 정중히 인사하며 추우니까 얼른 댁으로 가시라고 골목이 떠나가라 외쳤다. 뉴스도 그렇고 논술 학원에서 다루던 사회 문제 예문에는 온통 부정적인 이야기만 차고 넘쳤는데 현실은 정반대였다. 이 세상의 어느 외진 골목에서는 LED 가로등 불빛보다 환한 삶도 있다는 것을 보여 준 증거였다.

할머니는 오만 원짜리 지폐를 소중히 바지춤에 넣더니 다시 힘을 내서 손수레를 끌고 움직이기 시작했다. 어둠이 짙어질수록 할머니의 걸음은 무겁고 느려졌다.

'위험할 텐데…….'

좁은 인도를 피해 할머니가 손수레를 끌고 차도로 내려섰다. 길 가장자리라고는 하지만 도로를 달리는 차들 때문에 할머니의 걸음은 유난히 위태로워 보였다. 아니나 다를까. 외마디 탄식과 함께 균형을 잃은 손수레가 한쪽으로 기울어졌다. 그 바람에 폐지, 박스 더미가 길 위에 쏟아졌다.

몸이 먼저 반응했다. 길 가던 몇몇의 시선이 느껴졌지만 아줌마 한 분이 같이 폐지를 정리해 주다가 가 버렸다. 나는 쓰러진 손수레를 일으키고 고정시켰다.

"고마워요, 학생. 그건 여기다 둬."

거의 다 정리가 돼서 내 갈 길을 가려는데 할머니가 당당하게 지시를 내렸다.

"네? 아, 네. 이거 전부요?"

"응, 이게 두서없어 보여도 막 쌓아 둔 게 아닌겨."

갑자기 할머니의 손짓에 몸이 바빠졌다. 폐지도 줍고 수레도 세우고 정리까지 마치고 수레를 안전한 인도로 올렸다. 밤바람이 매서웠는데 등줄기에서 땀이 맺혔다.

"저어…… 할머니. 돈, 많이 버세요?"

왜 이 말이 튀어나왔는지 모르겠다. 계속 머릿속에서 맴돌던 생각이 알아서 움직였다. 하긴, 이렇게 도와드렸는데 궁금증 하나 풀어 주는 것이 당연한 것 아닌가? 질문의 정당성을 찾으려고 애를 쓰는데 할머니는 별거 아니라는 듯 담담하게 대답해 주었다.

"죽지 않고 먹고살 만하지."

얼굴 가득 주름을 안고 사는 할머니 입에서 '죽지 않고'라는 말이 흘러나오자 낭패감에 얼굴에 열이 오르는 것 같아서 혼났다. 죽지 않고 먹고살 만한 돈벌이는 어느 정도일까. 엄동설한에 작은 동산 같은 손수레를 끌고 움직여야 할 만큼 괜찮은 돈벌이가 될까.

"몸을 부지런히 움직이면 다 방법이 생기지. 일찍 일어난 새가 먹이도 먼저 먹는다잖여."

틀린 말 하나 없지만 일찍 일어난 새의 365일 고단함이 예상되어 미간이 구겨졌다.

"오늘 고마운데 내가 맛난 것 좀 사 줄까?"

"아니요, 괜찮……."

사양하려고 했다. 할머니가 주머니에서 오만 원짜리 지폐를 꺼내기 전까지는. 폐지 판 돈은 미약할지 모르나 길에서 만난, 아까 그 중년 사내 같은 사람을 종종 만난다면 횡재수도 가능한 게 이 직업이겠다.

"아, 왜 이걸 몰랐지?"

혼잣말을 너무 크게 내뱉었다.

"으응? 뭘 몰라?"

나는 진심으로 감사의 마음을 담아 허리 숙여 할머니께 인사를 했다. 폐지를 줍는 일은 장소와 시간 구애도 적고 단기간에 목표한 금액에 도달하는 훌륭한 직업이라는 확신이 들었다. 나는 일찍 일어나는 새가 되기로 결심했다.

커플이 된다는 것은 무슨 의미일까. 다빈이랑 천 일 가까이 만났지만 한 번도 우리의 만남에 대해 심각하게 생각해 본 적이 없었다. 뭐랄까. 다빈이와 나의 관계는 물 흐르듯 자연스러웠다. 운명이라고 말하기에는 너무나 거창해서 무서운 기분이 드는데 아침이면 해가 뜨고 밤이 오면 달이 뜨듯이 당연한 성질의 것이었다.

시험을 망치고 엄마한테 욕먹을 게 걱정돼서 성적표를 위조해 볼까, 하며 고민을 털어놓아도 이상하지 않을 유일한 대상이 다빈이었다. 아무리 심각한 일이라도 무던하게 받아들이는 것이 다빈이의 장점이자 매력이었다. 완벽하게 위조 가능하지 않으면 괜한 일에 목숨 걸지 마, 라고 나를 정신 차리게 만들 수 있는 여친이었다. 주위의 수많은 커플이 탄생했다 헤어지기를 반복하는 동안 우리는 늘 똑같은 모습이었다.

작년에 우리 반에는 '써리 원'이라는 별명의 아이가 있었다. 누군가를 사귀면 31일을 넘기지 못해서 생긴 별명이었는데 "나는 과연 써리 원이 될 수 있을까?"라는 의문 앞에 다빈이가 명쾌한 답변을 건넸다.

"태윤이 너는 게을러서 힘들어."

정답이었다. 새로운 사람을 만난다는 과정은 험난하고 어렵고 피곤한 일이었다. 나와 취향, 성격이 맞는지는 기본이고 나와 다른 누

군가와 함께 합을 맞춰 나간다는 것은 영혼을 갈고닦는 일과 동급
이었다. 게다가 나는 고백에 영 소질이 없는 애였다. 사람에게 제각
각의 성격과 생김새가 있듯이 연애 스타일도 천차만별인데, 다빈
이 말이 우리는 느리고 느려서 스스로의 감정은 물론이고 상대방
의 마음을 들여다보는 데도 오랜 시간이 걸리는 사람들이라서 잘
맞는 것 같다고 했다. 그랬다. 커플에도 여러 종류가 있다. 인스턴트
식품같이 빠르고 편리한 연애가 맞는 사람이 있는가 하면 사골 국
물 우리듯 오랜 시간 끓여야 제맛을 알아채는 커플도 있는 것이다.

　인스턴트 식품이고 사골 국물이고 천 일은 천 일이다. 심장에도,
뇌에도 꽉 들어찬 것은 온통 '1000'이란 숫자뿐이었다. 연습장에
1000을 끄적거리는데 한승규가 요란스럽게 의자를 끌었다.

　"태윤이 너, 3반에 구경태랑 김희지 깨졌단 소식 들었냐?"

　"내가 알아야 해?"

　빅뉴스라기에 뭔가 했더니 아침부터 부정적인 소리만 해대는 녀
석이 얄미웠다.

　"알아야지, 그럼! 걔들 깨진 이유가 선물이 부실해서라는데."

　언제부터 이 사회가 이렇게 물질적으로 변했단 말이냐!

　"경태가 먼저 깨자고 했대. 발단은 희지가 경태의 선물에 실망했
던 이유도 있지만. 뭐라더라? 돈이 많이 들어가서 깬다고……."

　한승규가 떠들어 대는 그 다음 말은 들리지도 않았다. 쉽게 사귀
고 쉽게 헤어지는 커플도 많았지만 쉽게 안 사귀고 오래가는 커플
들도 있다. 제각각의 사정과 개인차 때문이라는 것을 헤아리기보다

유행처럼 누군가를 만나고 사귀는 일이 쉬워지는 것은 아닌지 고민이 될 때가 내게도 있었으니까.

결심이 섰다. 나는 연습장에 '일찍 일어나는 새'라고 힘주어 썼다.

하품이 연달아 나왔다. 참으려고 해 봤자 멈출 수가 없어서 아예 입을 벌리고 주위를 두리번거렸다.

'일찍 일어난 새가 먹이도 먼저 먹는다.'

어른들 말씀치고 그른 것 없다더니 딱이다. 양심은 있어서 수레 할머니에게 미안한 마음에 새벽이 아니라 동이 트기도 전에 폐지 줍기에 나섰다. 사실 한밤중에 나온 적도 있었다. 아침 일찍 일어나기가 쉽지 않을 것 같아서였다. 사랑은 아침잠도 물리친다고 알람을 맞추지 않아도 동이 틀 무렵이면 눈이 절로 떠졌다.

수레 할머니께 피해를 주지 않으려고 적당히 줍고 가려고 했는데 밤에는 수거할 것이 의외로 적었다. 일찍 먹이를 찾는 새가 되어 보고자 했더니 만성피로에 시달릴 것 같긴 하지만 소득이 제법이었다. 학원 스케줄에 지장도 안 주고 움직일 수 있어서 좋았다.

"너희 집 근처에 박스나 돈 될 만한 폐지 있으면 나한테 콜."

한승규한테 도움을 청하자 녀석의 눈이 튀어나올 만큼 커졌다.

"너 쓰레기 주워? 왜?"

"알 것 없고 노동의 가치를 몸으로 연구하는 중이라고만 알아."

그러나 고물상에 가서 땀 흘린 노동의 가치가 고작 킬로그램당 78원이라는 소리를 듣고 회의감이 들었다. 예전에는 149원까지도 받았다던데……. 뒤늦게 이 시장에 뛰어든 내 탓이려나?

폐지를 수집하면서 다양한 삶을 엿볼 수 있었다. 덩달아 반성도 했다. 이제 재활용품은 제대로 분리수거 해서 버리리라. 폐지에 개똥을 싸서 길에 놓는 사람은 천벌을 아니 내일은 꼭 정신 차리도록, 내가 비록 무신론자지만 기도를 해 주리라. 차곡차곡 신문 뭉치를 묶어서 내놓은 사람이 있는가 하면 박스에 온갖 쓰레기를 마구 섞어 버리는 사람도 있었다.

따뜻한 이불 속에서 평소보다 밍기적거리다 늦게 나오는 바람에 동이 트기 시작했다. 그래도 누군가 야외 천막 옆에 자전거 박스 포장을 버리는 바람에 운수가 좋았다. 속으로 환호성을 지르며 박스를 발로 꾹꾹 밟아서 들기 좋게 만드는데 등 뒤에서 인기척이 났다.

"너, 누구니?"

원수는 외나무다리에서 만난다는데 나는 수레 할머니를 탄천 야외 천막 앞에서 만났다. 아침 해가 탄천을 비췄다. 서로의 얼굴을 확인할 만큼의 밝은 빛이 들었다.

"뭐 하는겨?"

민망했다. 모른 척 지나칠까 잠깐 고민했으나 할머니는 나를 똑똑히 기억하고 있었다. 거짓말로 대충 둘러댈지 아니면 이실직고해야 할지 갈팡질팡이었다. 나는 솔직해지기로 했다. 초등 6학년 때부터 사귄 여자 친구가 있고 곧 천 일 기념일을 맞이하는데 멋진 선물을 사 주고 싶다고, 그러나 안타깝게도 돈이 없다고 말이다.

"학생이 무슨 돈이 있다고."

내 말이 그 말이다. 할머니가 내 마음을 헤아려 주는구나 싶어서 감동하는 찰나, 예상치 못한 공격이 들어왔다. 등짝을 때리는 손이 매서워서 다시 한 번 할머니를 돌아볼 정도였다. 굽은 허리가 무색할 만큼 할머니의 손은 매서웠다.

"그래도 그렇지! 죄다 쓸어 가면 워쪄!"

그렇게 안 봤는데 할머니는 혼자 부자 되려고 중3 소년의 어려운 현실도 야멸차게 외면하는구나.

"저쪽 사거리 뒤쪽 골목이랑 큰길은 영순 할매가, 이쪽 탄천길 따라서 시장통 입구는 박 씨가 폐지를 거둬 가. 그러니 손 떼, 저쪽이랑 이쪽은."

폐지 수거에도 구역을 나눈다는 사실이 생소했다. 할머니 말로는 상부상조라면서 서로 사정을 봐 가면서 나누는 것이라고 했다.

"콩나물값, 약값이라도 번다고 하니까……. 폐지 수거하면서 청소 겸 골목 정리를 하는 거지. 늙었다고 가만히 구들장만 짊어지고 앉아 있으면 저승 가. 몸을 잽싸게 움직여야지."

부끄러웠다. 미안한 마음에 고개가 수그러졌다. 나는 내 목적만 생각하느라 할머니의 수레에 차곡차곡 쌓일 박스 더미마저 외면했는데……. 내 속을 들여다본 것처럼 할머니가 내 팔을 툭 쳤다.

"나 좀 도와. 요 며칠 전에 미끄러져서 무릎이 시원찮여. 내가 섭섭하지 않게 용돈 줄게. 어뗘?"

"네에? 용돈이요?"

폐지를 모아서 생활하는 할머니가 나한테 용돈을 준다니! 앞뒤가 안 맞는 제안이었다. 하지만 한편으로는 설마 연세도 있으신 분이 손자뻘인 나에게 사기를 칠 것 같지는 않았다.

"내가 몸이 바쁜데 일손이 부족해서 그려. 영순 할매가 빙판에 넘어져서 손목이 부러졌어. 내가 영순 할매 몫까지 해야 하거든."

어려운 처지에도 서로서로 도우며 살아가는 어르신들의 모습에 더 이상 나 몰라라 할 수는 없는 노릇이었다. 긴 설명보다 간절한 눈빛, 그리고 강제로 잡힌 손이 우리 계약의 시작이었다. 나도 모르게 할머니의 엄지손가락에 도장을 찍고 손바닥에 사인까지 하고 있었다.

납작하게 만들어 놓은 박스를 할머니의 손수레에 차곡차곡 쌓았다.

"이거 껴, 손 시려."

할머니가 털이 달린 장갑을 건넸다. 이 할머니가 나를 어찌 보고……. 여자 장갑이었다. 얼마나 오래 썼는지 털이 듬성듬성 빠져 낡은 티가 확연했다. 나는 거절의 의미로 할머니 앞에 손을 불쑥 내밀었다.

"저, 손 커요."

할머니가 내 손을 보더니 웃었다.

"그러네. 근데 손 보단 마음이 더 큰 사람이 되겠네."

이다빈의 콧노래가 자장가처럼 들렸다. 무슨 노래인지 가늠할 수 없을 정도로 다빈이는 박치였다. 그런데도 눈이 감기니 새벽의 노동은 우습게 볼 일이 아니다. 할머니는 어떻게 매일 손수레를 끌고 길을 나서는지 모르겠다. 체구도 작고 뼈마디가 앙상하게 드러난 손으로 손수레 손잡이를 거머쥔 것을 보면 놀랍다 못해 경건해지까지 했다. 그러고 보니 할머니가 허리를 편 적이 있었던가?

"야, 김태윤. 너 어디 아파?"

체력이 바닥났고 천 일 이벤트의 압박이 심적 부담이 되는 것도 병의 원인이 될 수 있다면 아픈 것이 맞다. 국어 수행평가를 망치고 영어 수행평가까지 망치는 꼴은 못 보겠다며 다빈이 손에 끌려 도서관에 갔다. 도서관에서 기억에 남는 건 푹 잤다는 사실 하나. 오랜만에 같이 하는 귀갓길인데 비실거리고 걷는 모양새가 다빈이 레이다 망에 걸렸나 보다.

"아무래도 안 되겠다. 몸보신하러 가자."

"엥? 몸보신? 너, 학원은?"

내 가방을 잡아끄는 다빈이는 한껏 신난 모양이었다.

"사람이 살고 봐야지 학원이 중요한가? 따라와."

대단한 곳이라도 데려갈 것처럼 굴더니 내 손을 끌고 도착한 장소는 카페였다. 카페에서 무슨 몸보신을 하나 싶었는데 내부를 둘러보고 입이 쩍 벌어졌다. 다빈이가 창가 쪽으로 달려가더니 자리를 잡았다. 엉겁결에 다빈이가 손바닥으로 두드리는 옆자리에 앉았다. 나무 평상처럼 만든 자리가 이색적이었다.

"빨리 양말 벗고 물에 담가."

자리 한가운데에 족욕 탕이 있었다. 맑은 물 사이로 물고기 떼가 여유롭게 헤엄치고 있었다. 말로만 듣던 닥터 피쉬 카페였다. 양말을 벗고 다빈이가 시키는 대로 물에 발을 담갔다. 작은 물고기들이 우르르 몰려들었다.

"으아!"

뜻하지 않게 호들갑을 떨며 발버둥을 쳤다. 그 바람에 옆자리의 커플이 키득거렸다. 눈총을 주자 미안해하기는커녕 대놓고 활짝 웃으며 말했다.

"처음에는 다 그래요. 저도 처음에 피라냐 떼가 달려드는 줄 알고 기겁했거든요."

고개를 숙여 내 발 주위에 바글대는 닥터 피쉬들을 바라보았다. 바쁘게 내 발 구석구석을 공략하는 녀석들을 보니 마음이 노곤해졌다. 엊그제 폐지를 모으다가 다친 손가락을 물에 넣었다. 따끔거렸다. 상처가 난 그 자리로 닥터 피쉬들이 하나둘 모이더니 꼬리를 흔들며 입질을 해 댔다. 슬그머니 웃음이 났다.

"여기 로제떡볶이가 대박이야."

다빈이가 떡볶이와 레몬차를 주문했다. 카페에 웬 떡볶이인가 했는데 다빈이 말이 이 카페가 떡볶이와 닥터 피쉬로 떴단다. 내 발바닥은 닥터 피쉬들 때문에 물 위로 동동 뜰 지경인데…….

"어디 아픈 건 아니지?"

무심한 것처럼 굴지만 나는 안다. 다빈이가 엄청 신경을 쓰고 있다는 사실을. 그 마음 씀씀이가 새삼 고마웠다. 다빈이가 건네는 레몬차를 마셨다. 달달하면서도 새콤한 향이 입안에 가득 찼다. 내 발 옆에 다빈이 발이 나란히 잠겼다. 닥터 피쉬들이 잠시 동요했지만 대부분 내 발가락에 머물렀다.

"태윤이 너 발에 땀 많이 났나 보다. 각질 지옥이거나. 흐흐흐."

그래, 발바닥에 땀나도록 돌아다녔지. 피식거리면서 다빈이 발을 보았다. 작은 발이 귀여웠다. 그에 비하면 내 발은 왕 발이었다.

"넌 나랑 헤어질 생각 한 번도 안 했었냐?"

"어, 왜? 그런 생각해야 돼?"

"그건 아닌데 다들 만났다 헤어졌다 쉽게 하는 거 같아서. 물론 그들도 쉽게 하는 건 아니겠지만."

물속에서 다빈이가 발가락을 꼼지락거렸다. 내 물음에 당황한 걸까, 화를 참고 있는 걸까 궁금했다. 로제떡볶이 하나를 쿡 찍어 입에 넣고 한참을 오물거리다가 말했다.

"넌 걸음이 빠르잖아. 그런데 나랑 걸으면 너 걸음이 느려지는 거 알아? 나는 그게 진짜 좋더라. 김태윤은 배려심이 많구나, 느리게 맞춰 걸으면서 늘 내 이야기도 가만히 들어주고. 내가 이야기할 때 넌 절대 중간에 말 안 끊어, 알고 있어?"

몰랐다. 다빈이 곁에만 서면 내 걸음이 느려지는 것도, 다빈이가 이야기할 때면 말을 끊지 않고 들어 주는 것도 말이다. 자연스러운 일이었다. 다빈이랑 함께 걸으니까 보폭이 저절로 맞춰졌고 다빈이의 이야기는 늘 유쾌하고 재미있었다. 그러니 귀를 기울이는 것이 당연할 수밖에.

"그래서 김태윤, 나는 너랑 헤어지지 않을 것 같아."

이번 고백은 이다빈의 승이었다. 대단한 고백이었다. 쇠 냄새가 났던 반지 따위는 기억에서 영원히 사라질 만큼 친절하고 향기로운 고백이었다.

닥터 피쉬들이 다빈이와 내 발 사이에서 군무를 추듯 움직였다. 원을 그리며 우리 두 사람 발 사이를 맴도는, 이 작은 생명체들이 내 피로를 몽땅 짊어지고 가기를 바랐다.

발에서 시선을 떼 고개를 들었다. 개구진 표정으로 콧구멍을 씰룩거리며 웃고 있는 다빈이의 얼굴 너머로 카페 안으로 배달되는 커다란 상자들이 눈에 들어왔다.

어둠 속, 박스 더미 사이에서 한승규가 튀어나왔다. 하마터면 간 떨어질 뻔했다.

"으헉!"

다행히 호흡과 함께 비명을 삼켰다.

"아이, 인간아. 놀랐잖아."

나는 한승규를 향해 주먹을 휘둘렀다. 세게 얻어맞지도 않았으면서 한승규가 엄살을 떨었다.

"놀라기는. 나는 김태윤이가 꼭두새벽에 폐지 줍는다는 게 더 놀랍네."

한승규는 나에게 무슨 기적이 일어나서 동도 트기 전에 살아 움직이는 것이냐고 물었다.

"간절함은 불가능을 가능하게도 만드는 법! 갖고 왔지?"

"누구 부탁이라고. 근데 부탁 들어주면 뭐 있는데?"

외면할 수 있었으면 좋으련만 할머니가 돕는 영순 할매의 사정을 알게 되었다. 독거노인이신데 살림이 어려운 것은 둘째치고 얼마 전에 다쳤다는 손목이 단순한 찰과상이 아닌 모양이었다. 수술이 필요한데 수술비 때문에 병원에 안 가고 괜찮다고 버티는 중이라고 했다. 얼굴 한 번 본 적 없는 분인데 영순 할매의 손목 통증이 느껴졌다. 농구 하다가 손목을 삐었을 때 통증 때문에 나는 난리법석을 피웠는데 혼자서 오롯이 통증을 참아 내는 외로움, 서러움이 어떨지 가히 상상이 되지 않았다. 할머니의 도움도 받지 않겠다고 고집을 부린다는데 이렇게 된 이상 폐지를 배로 모아서 마음이라도 놓이게 해야 하나 싶었다.

"내가 단골 PC방 사장님한테 사정사정해서 갖고 온 거다. 감사히 받도록."

"아, 진짜. 징그럽게 생색내네. 땡큐."

한승규가 끌고 나온 박스 더미와 폐지가 질서정연하게 꾸려져 있었다. 과자, 컵라면 등 주전부리 상자가 두 꾸러미였다.

"김태윤, 너 진로…… 이쪽으로 정한 거야?"

"뭔 소리야?"

곧이어 한승규의 말장난이 무슨 뜻인지 이해되자 주먹을 날렸다. 진로는 둘째치고 할머니와 함께 폐지 수집을 하면서 일에 대해여러 가지 생각이 들었다. 책상에 앉아서 일하든, 공사장에서 일하든, 시장에서 일하든 돈을 번다는 행위 자체는 고귀한 것이었다. 책임을 갖고 일을 한다는 것만으로도 모두 박수받아 마땅하다. 할머니 말씀대로 노년의 일은 단순히 벌어먹고 목숨을 연명하는 것 이상이라는 말에 숙연해지기까지 했다.

"어려운 일이야, 매일 땀 흘려 돈을 번다는 거."

한승규가 입을 벌리고 날 쳐다보았다. 녀석의 눈빛에서 존경심을 읽었달까? 기회는 이때다. 나는 집에서부터 끌고 온 박스 카트에서 아끼고 아끼던 클래식 배트카를 꺼냈다. 한승규가 그토록 호시탐탐 노렸던 배트카를 보더니 달려들기는커녕 오히려 뒷걸음질을 쳤다.

"어어, 너 뭔데?"

"뭐긴 뭐냐. 승규야, 한승규. 자, 가져. 네가 원하던 거잖아."

"아이씨, 무서워. 너, 이상해. 왜 이래?"

녀석도 알았다. 내가 이 클래식 배트카를 사기 위해 얼마나 노력했는지 말이다. 용돈으로 부족해서 집안일을 도맡아 하면서 피, 땀, 눈물을 흘려가며 돈을 모았다. 설거지 500원, 청소기 돌리기 1000원, 운동화 세탁 800원, 화분 물 주기 500원 등등. 시세와 동떨어진 가격임에도 불평불만을 할 수 없었던 시절이었다. 내가 처절하게 돈을 모은다는 사실을 알게 된 승규네 아버님이 방학 때 아버님이 운영하는 공장에 데려가서 나에게 공장 마당 쓸기와 박스 정리를 시켜 주었다. 그러고 보니 나는 박스 정리와 인연이 깊은 사람이었군.

"한승규, 이거 이제 못 구하는 거 알지? 한정판인데 품절이야. 지금 나한테 못 사면 클래식 배트카와 너는 영원히 인연이 없는 거다. 무슨 뜻인지 이해하지?"

내가 이렇게 조리 있게 말을 잘하는 사람인지 처음 깨달았다.

"얼마면 돼?"

역시 한승규는 눈치가 빨랐다. 그러나 행동은 더 빨랐다. 내가 만류하기도 전에 배트카를 제 품에 안았다. 먼지 탈까 봐 아크릴 상자까지 만들어서 보관한 나의 배트카……. 작별할 시간이 왔다. 나는 한승규의 품에서 다시 배트카를 빼앗아 들었다.

"잘 가라."

눈물이 핑 돌 뻔했다. 어떻게 보면 클래식 베트카는 내게 노동의 고단함과 안간힘, 그리고 뿌듯함을 가르쳐 준 추억의 보물이었다. 그런 나의 보물이 이제는 내 사랑을 위해 팔려 가는 셈이었다.

"주접 그만 떨고 액수나 불러."

휴대폰을 들고 한승규가 계좌이체 할 준비를 했다. 심호흡을 하고 계좌번호를 천천히 불렀다.

커플인 자, 기념일의 무게를 버텨라.

이틀 동안 혼자 나름 애쓴다고 몸부림쳤는데 만족할 만한 금액은 아니었다. 하루 종일 폐지를 주워도 만 원 벌이가 쉽지 않았다. 등교 전 새벽에 잠깐 움직여서 일확천금을 벌기란 상상 속에서나 가능한 일이었다. 그렇다고 영순 할매를 수술시키겠다고 병원에 따라나선 할머니한테 달랑 만 원을 내밀기는 죽기보다 싫었다. 한파에도 종일 거리를 동동거렸을 할머니 모습이 어른거렸다.

내가 건넨 봉투를 확인한 할머니가 놀란 눈으로 날 바라보았다.

"아이고야! 뭔 짓을 한 겨? 훔친 겨?"

훔치긴 훔쳤다. 할머니가 내 마음을 훔쳤다. 어려운데도 이웃을 살피고 매일 부지런히 움직이는 모습에 매료되었다고나 할까?

"운이 좋았어요. 할머니 안 계실 때 내가 엄청나게 돈 되는 걸 주워서 팔았거든요."

행여 내가 실수라도 했을까 걱정하는 할머니에게 어느 상가에서 오래된 컴퓨터랑 오디오를 줬다고 안심시켰다. 엄청난 것을 줍기는 주웠지. 내 방에서 배트카를 주워서 한승규한테 팔았으니까. 좋아하는 할머니 모습을 보니 떠나 보낸 배트카가 아쉽거나 아깝지 않았다. 봉투에 넣은 돈이라면 아마도 영순 할매의 병원비에 보탤 수 있을 것이다.

"오늘이 마지막이지? 내가 맛난 것 사 줄 테니 가."

"아니에요. 저 맛난 거 별로 안 좋아해요."

살다 살다 이런 엉터리 같은 핑계를 대다니! 순발력이 꽝이었다.

"돈 걱정하지 말고. 지난번에 공돈 오만 원 생긴 거 봤잖여. 그런 돈은 맛난 밥 먹는 걸로 써야 혀."

할머니가 내 손을 잡아끌어 데리고 간 곳은 뷔페 식당이었다. 직장인 상대로 장사하는 집 같았는데 주말인데도 손님들로 북적거렸다.

"이런 곳 별로인가? 그래도 집밥이 최고여. 편의점 음식 말고 따뜻한 밥 먹고 힘내서 큰일 해야지. 여기 나물도 맛나고 미역국도 뜨

끈하니 좋아. 닭볶음탕도 있으니 많이 먹고. 그동안 고마웠어요,
김태윤 학생."

"저도 감사했습니다, 할머니. 할머니 덕분에 일찍 먹이를 찾는 새
가 되었네요. 하하."

하필이면 닭볶음탕을 들고 말했다. 닭볶음탕은 적당히 맵고 달았
다. 감칠맛이 최고였다. 할머니는 내 식판에 닭고기를 더 덜어 주었
다. 나는 사양하는 대신 감사 인사를 하고 더 맛있게 먹었다. 미역국
은 한파를 잊게 할 만큼 뜨끈했고 도라지무침은 식감이 좋았다. 적
당히 푹 퍼진 떡볶이는 분식집에서 먹던 떡볶이와 또 다른 맛이었다.

"그동안 애썼어. 고마웠고. 여자 친구랑 맛난 거 먹고 좋은 거 사
줘, 고운 말도 해 주고."

할머니가 내 손에 용돈 겸 수고비라며 봉투를 쥐여 주었다. 나는
밥 먹다 말고 자리에서 일어나 허리를 숙여 인사했다. 괜찮다고 할
머니가 건넨 봉투를 마다하는 것은 옳지 않다는 생각이 들었다. 할
머니와 함께 손수레를 끌고 폐지를 주우면서 나눴던 이야기들은
우리의 삶에서 땀 흘려 일하는 가치가 얼마나 중요한 것인가였다.

첫날, 새벽에 집을 나서면서 머릿속으로 떠올렸던 건 친구들이
기념일에 여친한테 해 줬다는 선물 리스트였다. 그러나 하루, 이틀
지나면서 폐지 수집량이 많아지면 많아질수록 내 영혼이 듬직하게
자라는 기분이었다.

"성탄절에는 일 쉬세요?"

"하늘나라 가면 평생 성탄절일 텐데, 뭘."

늙은이한테 쉬는 건 숨이 다하는 거라고, 움직일 수 있을 때 더 많이 움직여서 즐거운 일을 만들어야 한다고 했다. 거리에 울리는 캐럴이 무색할 만큼 울림 있는 말이었다.

"학생들 봉사 점수 필요하다는데 이렇게 돕고도 나는 봉사 점수를 못 줘서 미안하네. 그래도 김태윤 학생은 나한테 백점이야, 백점. 알지?"

"네, 할머니도요. 폐지 모으면 할머니랑 약속한 장소에 갖다 놓을게요."

"아녀, 그러지 마! 그건 내 일이야. 이젠 공부해, 학생의 일을 해."

십자가가 보이는 사거리 교회 앞에서 할머니와 헤어졌다. 약속이나 한 듯 우리는 몇 걸음 가다 뒤를 돌아보고 서로에게 손을 흔들었다. 영영 헤어지는 것은 아니었지만 한 달 동안 함께한 시간보다는 확실히 못 볼 확률이 컸다.

배트카와 할머니에게 받은 용돈으로 내가 살 수 있는 게 무엇일까? 금은방으로 들어섰다. 열세 살, 문구점 앞 뽑기 기계에서 가짜 은반지를 뽑았던 순간이 오버랩되었다.

"누구 주려고? 선물이에요?"

호기심을 숨기지 못한 사장님이 날 보며 피식피식 웃음을 흘렸다. 기분 나쁘지는 않았다.

"금은…… 비싸죠?"

"그렇지. 금값이 많이 뛰었으니까."

가게 안이 온통 금빛으로 번쩍이는데도 마음이 점점 바래지는 느낌이었다.

"사장님, 다이아몬드는 훨씬 더 비싸겠죠? 평생 다이아몬드 못 사는 사람도 있겠죠?"

"학생이 그런 걱정을 왜 해? 뭐 사려고?"

마음 같아선 눈앞에서 반짝이는 꽃 모양 금반지를 사고 싶었다. 링 한가운데에 자리 잡은 작은 꽃송이 가운데에 더 눈부시게 빛나는 다이아몬드가 박혀 있었다. 플라스틱 다이아몬드 왕사탕 반지를 입에 물고 있던 다빈이가 떠올랐다.

'얼마나 갖고 싶었으면…….'

나는 꽃 모양 금반지 뒤쪽 구석에 진열된 실반지를 가리켰다.

"저건…… 얼마예요?"

부끄러운 일이 아닌데도 목소리가 기어 들어갔다. 가격을 듣자 내 몸은 더 움츠러들었다. 여러 개 구입해서 열 손가락에 끼는 실반지란다. 별 희한한 스타일이 다 있네, 라고 했지만 마음 같아선 실반지 전부를 사고 싶었다.

사장님이 미세한 꼬임이 있는 실반지 하나를 내 손바닥 위에 올려놓았다. 가볍고 가늘지만 고왔다. 나도 모르게 웃음이 나올 만큼.

D-1. 달력에 동그라미 쳐 놓은 숫자가 유달리 크게 보였다.

긴장돼서 내일 아침 해를 볼 수나 있을지 의문이다. 카드를 쓰려고 책상 앞에 앉았는데 '이다빈에게' 쓰고는 한참 동안 한 글자도 못 적었다.

심호흡을 하고 첫 문장을 쓰려는데 휴대폰이 울렸다. 이다빈이었다. 호랑이도 제 말하면 온다더니 제게 한 글자 적으려니까 귀신같이 알고 전화를 하네.

"야, 김태윤! 너, 당장 집 앞으로 나와!"

왜냐고 묻기도 전에 전화가 끊겼다. 처음이었다, 이런 일은. 이다빈은 카톡을 자주하는 스타일은 아니었지만 용건이 있으면 톡으로 꼭 먼저 '통화 괜찮아?' 하고 묻는 애였다. 꽥, 소리 먼저 내지르는 다빈이가 낯설었다. 무슨 일이 일어날 것만 같아서 점퍼도 제대로 걸치지 못하고 튀어 나갔다.

어둠이 깔린 소나무 아래, 이다빈이 짝다리를 짚고 서 있었다. 다빈이 역시 점퍼를 제대로 입지도 못하고 심지어 슬리퍼를 신고 있었다. 웃음이 났다. 나도 슬리퍼 차림이었다. 눈이 올 것 같은데, 발이 떨어져 나갈 만큼 추운 날인데 둘 다 슬리퍼 신고 뭐 하는 짓인가 싶었다.

"야, 너! 나 몰래 무슨 짓 했어?"

"내가 뭘?"

갑작스러운 공격에 버퍼링이 걸렸다. 이럴 때는 일단 오리발을 내밀고 볼 일이다. 꼼짝 말고 있으라더니 이다빈이 소나무 뒤편으로 가서 뭔가를 들고 나타났다.

"꽥!"

내 입에서 나온 소리라고 믿기지 않을 만큼 험한 소리가 흘러나

왔다. 분명히 내가 한승규한테 팔았던 클래식 배트카였다.

'저게 왜 이다빈 손에…….'

"거짓말할 생각 말아라. 한승규한테 다 들었어. 너, 이거 왜 팔았어?"

"그건 중요한 게 아니고……."

차마 우리의 천 일 기념 때문에 팔았다고 말할 수는 없는 노릇이었다. 깜짝 이벤트를 기다리고 있었을 건데 모든 게 틀어지고 말았다. 한승규가 나한테 배트카를 샀다고 다빈이한테 말했을 리도 없을 텐데 얘는 어떻게 알고 되찾아 왔을까?

"야, 김태윤! 뭐가 안 중요해? 내가 너 이거 사려고 얼마나 애썼는지 다 아는데. 왜 판 거야? 너, 사고쳤어? 무슨 일 있지? 나한텐 비밀 없다며!"

커플이 되면서 이다빈이 나한테 부탁한 것은 딱 하나였다. 비밀 없이 지내기. 이 뜻은 나의 일거수일투족을 참견하고 감시하겠다는 것이 아니라 어렵고 힘든 일이 있으면 제일 먼저 이야기하고 고민을 나누고 같이 해결 방법을 찾는, 멋진 커플이 되자는 것이었다.

지질하게 우물거리면서 어떻게 알았냐고 묻자 이다빈이 눈이 찢어질 정도로 나를 흘겨봤다.

"규리가 알려 줬다, 왜! 승규네 놀러갔더니 못 보던 배트카가 있었고 승규가……."

"그만!"

안 봐도 뻔했다. 규리가 묻지도 않았는데 한승규가 나한테 싸게 샀다고 홀랑 불었겠지.

깜짝 이벤트는 물 건너갔다. 이벤트보다 나는 열세 살의 이다빈이 쇠 냄새 풀풀 나는 반지를 끼고 "우리, 비밀 없이 잘 지내자."라고 했던 그 순간의 약속을 지키는 것이 중요하다고 판단했다.

"발 시리지?"

"지금 발이 문제야?"

말은 이렇게 했지만 슬리퍼 밖으로 보이는 이다빈의 발가락이 새빨갰다. 나는 주머니에 손을 넣었다. 후다닥 뛰어나오면서 점퍼 주머니 안에 반지 상자를 잊지 않고 넣은 게 다행이라면 다행이었다.

반지 상자를 이다빈 앞에 내밀었다.

"구백구십구 일, 축하해."

얼결에 반지 상자를 받아든 이다빈이 상자를 열었다. 달빛 아래, 실처럼 가는 금반지가 반짝거렸다.

"하아!"

감탄치고는 단조로웠다. 한탄 같기도 했다. 이다빈이 반지 상자를 움켜쥐더니 그 손으로 내 복부에 주먹을 날렸다. "으악." 비명을 지르긴 했지만 아프지 않았다.

"이거 사려고 네 보물을 팔았니?"

"응. 학생이 돈이 어딨어."

이다빈이 배트카를 내 가슴팍에 안겨 주었다.

"돈이 없으면 가만히 있지, 누가 이딴 거 사 달래?"

"네가 왕다이아몬드가 좋다며."

다빈이가 내 등을 인정사정없이 때렸다. 패딩 점퍼 때문에 소리만 요란했지 하나도 아프지 않았다.

"으이구, 내가 못살아. 너, 배트카 돈 마련해야 돼."

이건 무슨 종류의 날벼락일까 싶었지만 한승규한테 강탈한 것이 아니라면 돈을 돌려줘야겠지. 그런데 그 돈은 이미 날아가고 없는데 어떻게 해야 하나.

"내…… 천 일 선물…… 아니야?"

"김태윤, 그딴 건 없어. 내 용돈으로 다시 찾아왔으니까 갚아."

매사 공과 사가 확실한 이다빈이 좋다. 수많은 친구들이 만나고 헤어지기를 반복한다. 사소한 이유로 다투기도 하고 삐치기도 했지만 다빈이와 나는 헤어지는 대신 서로 이해하고 문제를 해결하려고 노력해 왔다.

세상에 영원한 관계라는 것은 없다지만 적어도 우리는 영원할 수 있도록 하루하루 우리가 할 수 있는 만큼 노력하자고 새끼손가락을 걸었다.

"집에 데려다줄게, 가자."

배트카를 옆구리에 끼고 다른 손으로 이다빈의 손을 잡으려고 했다. 이다빈이 못난 짓을 했으니 손은 잡을 수 없다고, 벌이라고 했다. 이상하게 하나도 섭섭하지 않은 기분이다. 밤거리에 울리는 슬리퍼 소리가 경쾌했다. 이다빈이 슬리퍼 끌지 말라고 잔소리를 했다. 그 잔소리가 정겨워서 배트카 팔고 남은 돈의 행방이 날개를 달고 어디로 날아갔는지 이야기했다. 할머니와 영순 할매의 수술이야기까지, 폐지 수집의 어려움과 일찍 먹이를 찾는 새의 고단함에 대해서까지 쉬지 않고 떠들었다. 아무리 어려운 일이 찾아와도 나는 일찍 먹이를 찾는 새가 되어 본 적이 있으니 걱정 없다는 소리까지 자신만만하게 내뱉었다.

"김태윤, 우리 이 반지…… 천 일 기념으로 좋은 일에 쓸까?"

이다빈이 걸음을 멈추고 휴대폰으로 뭔가를 검색하더니 내 눈앞에 내밀었다. 인터넷 신문 기사였다. 어느 할머니 한 분이 오랫동안 폐지 모은 돈을 매년 연말이면 동사무소에 기부한다는 소식이었다. 기부자의 얼굴도, 주소도 상세하게 나오지는 않았지만 우리 지역이라는 사실만으로도 가슴이 뛰었다. 그리고 기부자가 어쩌면 내가 잘 알고 있는 사람일 수도 있겠다는 예감이 들었다.

상가 건물 앞에 다다랐다. 하루에 몇 번이고 오가는 장소가 오늘따라 특별하게 다가왔다.

"이다빈, 너 갖고 싶은 거 진짜 없어?"

슬리퍼 밖으로 고개를 빼꼼 내민 발가락을 꼼질거리는 이다빈의 모습에 실웃음이 나왔다. 상가 안을 기웃거리던 이다빈이 문구점으로 달려가더니 내게 손짓했다.

"저거. 저거 하나만 아니다 두 개 사 줘."

왕다이아몬드 반지였다. 플라스틱 반지 틀에 딸기맛 사탕이 다이아몬드 모형으로 자리 잡고 있는 반지 사탕이었다.

그래도 네가 좋아

5분 간격으로 알람이 울렸다. 세 번째 알람이 울리기 시작하자
마자 침대에서 몸을 일으켰다. 감기 기운이 있는지 몸이 무거웠다.
코를 들이마시고 침대 옆 가습기를 껐다.

　방문 앞 거울에 서서 내 몰골을 살폈다. 다크 서클이 턱 밑까지
흘러내렸다. 내 얼굴이 무슨 수용성도 아닌데 잘생김이 바닥으로
흘러내릴 지경이군. 예고 입시가 다가올수록 피곤에 절은 낯빛이
가관이었다. 사흘이 멀다 하고 엄마는 몸에 좋다는 홍삼, 인삼, 녹
용은 물론이고 각종 영양제에 내가 질색할 만한 식단을 제공했지
만 그런 것이 내 건강에 도움이 되는지는 의문이다. 도무지 내 미
각을 홀릴 만한 음식은 하나도 없었으니 말이다.

　할아버지 댁으로 이사 온 지 삼 주째다. 할머니가 재작년에 뇌졸
중으로 돌아가신 뒤, 외아들인 아버지가 모시겠다고 했지만 할아

버지는 마다하시며 자유롭게 살겠다 선언했다.

"평생 네 어미 잔소리에 시달렸는데 이제야 내 맘대로 자유롭게 좀 살아보자."

장례를 마치고 당신의 생각을 피력하던 할아버지 모습을 보며 '오, 좀 멋지신데?'라고 인정했다. 엄마는 그런 할아버지를 한껏 치켜세웠다. 외며느리인 엄마 입장에서 할아버지의 반응은 대환영일 것이었다. 드라마에서 보던 시집살이니, 홀시아버지를 모시는 며느리 이야기가 당신의 몫이 될 거라고 걱정하던 터였으니까. 그런 우리 가족이 할아버지와 살림을 합친 데에는 세 가지 이유가 있었다.

첫째는 내가 입학할 예술 고등학교가 할아버지 댁에서 가깝다는 것, 둘째는 할아버지의 건강 때문이었다. 작년 겨울, 할아버지가 메니에르병 판정을 받았다. 어지럼증으로 길을 가다 쓰러진 탓에 우리 집은 난리가 났다. 넘어지면서 할아버지 이마가 찢겨 피범벅이 되는 바람에 엄마는 응급실에서 다섯 바늘이나 꿰맨 할아버지의 이마를 보고 실신할 뻔했다. 세 번째는 돈이었다. 물론 어디까지나 내 추측이다. 대놓고 '할아버지 돈 때문이야?'라고 질문한다면 엄마는 '어머머, 얘가 뭔 소리야? 헛소리할 시간에 연습이나 해!'라고 소리를 지를 것이고, 아빠는 늘 그랬듯 대꾸 없이 못 들은 척하겠지. 사실, 세 번째 이유에 강한 힘을 실은 건, 응급실에 다녀온 엄마 아빠가 그날 밤에 나눴던 대화를 엿들은 까닭이다.

"여보, 아버님한테 여자 생긴 거 아니겠지? 병원에 모셔 왔다는……."

"어허, 이 아줌마가 쓸데없는 소리를! 아버지 편찮으셔. 병간호에 신경이나 써."

거실로 나가자 늘 그렇듯 공간을 꽉 채우는 음률이 퍼졌다. A. Caldara의 곡, 〈친구인 숲이여 : Selve amiche〉는 꿈에서라도 부를 수 있었다. 입시 연습곡 중 하나였다.

"정다운 숲이여, 울창한 나무여, 내 영혼의 믿음직한 안식처여……."

이탈리아 사람이라도 된 듯 가사를 중얼거리며 거실 창가에 앉아 창밖으로 보이는 나무를 멍 때리고 바라봤다. 할아버지는 정원의 꽃나무에 물을 주고 있었다. 나는 창문을 두드렸다. 할아버지가 물을 주다 말고 내게 시선을 주었다. 그러더니 호스 방향을 바꿔 내가 있는 창 쪽으로 물을 뿌렸다. 나는 과장된 포즈로 안락의자 뒤로 숨는 시늉을 했다.

"선후야, 이거 먹어."

배무생강차였다. 기관지에 좋다는 음식이 세 가지나 혼합된 기적의 차였다. 얼음 잔뜩 들어간 아메리카노를 마시고 싶다고 하면 욕을 일 년치는 먹겠지? 나는 군소리 없이 엄마가 건네는 머그컵을 두 손으로 받아들었다.

"앗, 뜨거!"

"방정 떨지 말고 쭉 마셔."

아침상을 준비하러 부엌으로 가면서 엄마는 오디오 볼륨을 한껏 더 키웠다. 소파에 몸을 파묻고 입 모양만으로 가사를 읊조렸다.

"Selve amiche, 그대에게 청합니다. 평화를 주소서."

아무리 전공을 한다지만 아침부터 성악 곡은 부담스러웠다. 정신이 깨어나기도 전에 온몸이 긴장해야 하는 상황이라니, 반갑지 않았다.

"선후, 아침도 먹기 전에 뭘 그리 마시니?"

"강철 목을 만들어 주는 배무생강차요."

내 농담에 할아버지가 호탕하게 웃었다. 창밖 소나무를 노려보며 자꾸 흐트러지는 발음을 반복했다. 가사가 호흡처럼 내 몸에 붙어야만 했다. 리듬과 가사를 자유자재로 갖고 놀 줄 알아야 한다는 레슨 선생님의 목소리가 환청처럼 귓가에 맴돌았다.

"선후야, 무슨 뜻인지 알고는 부르냐?"

"네."

할아버지가 내 옆에 앉더니 턱을 괴고 스피커를 쳐다보았다. 곡에 대한 설명을 들은 할아버지는 내 어깨를 두드리며 속삭였다.

"안 그래도 오늘 그 사람이랑 수목원에 가련다."

그러더니 내 목을 손날로 때리는 시늉을 했다. 할아버지는 늘 유쾌했다.

어릴 때, 슈퍼맨 놀이를 위해 망토를 사 준 사람도 할아버지였고, 학교 가기 싫다는 초등학교 1학년인 나를 데리고 결석을 감행하며 놀이공원에 데려가 준 사람도 할아버지였다.

부엌 쪽을 흘끔 보더니 내 손에서 머그컵을 빼앗아 배무생강차를 들이킨 할아버지의 미간이 일그러졌다. 내게 컵을 주고 "너나 많이 마셔라." 하더니 오디오로 걸음을 옮기셨다.

"사람이 자고로 아침에는 활기차야지."

짜라짜라 짜짜, 짜안!

할아버지 말대로 활기찬 곡이었다. 비몽사몽 아침잠을 단숨에 깨뜨릴 빠르고 경쾌한 리듬에 어깨가 들썩였다.

"어머, 아버님! 이 곡, 선후 입시곡이에요. 귀에 익혀야 한다고요."

"노래가 다 같은 노래지, 뭘 편식을 한다니? 안 그러냐, 선후야?"

할아버지가 어깨를 좌우로 들썩이며 내게 동의를 구했다. 이러지도 저러지도 못한 채 나는 그저 웃었다. 콧바람이 피실거리면서 흘러나왔다.

"아버님, 취향이 많이 변하셨네요. 예전엔 이런 곡 안 들으셨잖아요."

아닌 척 애썼겠지만 엄마 목소리는 한 옥타브 높아져 있었다. 거실 장식장에 진열된 클래식 LP에 시선을 던지는 엄마는 불만을 꾹 눌러 담으려 애쓰는 눈치였다.

"늙었는데 취향이 변해야지. 이것도 듣고 저것도 듣고."

엄마의 손끝이 떨렸다. 마음 같아서는 당장 오디오를 끄고 싶으리라. 천하무적 엄마한테 할아버지는 강적이요, 절대 갑이었다.

"국, 뭐 끓였어?"

욕실에서 씻고 나온 아빠가 아무것도 모른 채 엄마한테 국 타령을 했다. 엄마는 대꾸도 않고 부엌으로 가 버렸다. 아빠는 정성스레

타 놓은 머리 가르마를 매만지며 엄마 뒤를 따라갔다.

"할아버지, 노래 제목이 뭐예요?"

"사나이 가는 길!"

굉장히 상남자스러운 곡이었다. 한마디로 사나이 가는 길, 그 누가 막겠느냐. 내 앞길에는 뭐가 많은 장애물이 놓인 것 같은데……. 할아버지의 선곡은 나에게 뭔가 용기를 불어넣는 암시인 건가? 아침 식사하라는 엄마의 말에 할아버지는 내 등을 밀었다.

"난 육개장이 좋더라. 선후도 육개장 좋지?"

할아버지 맞은편에 자리를 잡고 앉았다. 매콤한 음식을 먹어 본 기억이 언제인지 모르겠다. 하다못해 전국 십 대들의 단골 간식인 떡볶이도 구경한 지가 까마득했다. 엄마는 할아버지의 트로트 선곡에 1패를 하고 선방을 날리려는 듯 육개장은 고사하고 복지리를 식탁에 올려놓았다.

"간이 센 음식은 선후 목에 안 좋아서요. 아버님, 선후 입시 때까지만이라도 양해 부탁드릴게요."

역시 엄마였다. 아침의 신경전은 어디로 가고 상냥함의 표본이 될 듯한 목소리로 할아버지께 당신의 뜻을 피력했다.

"그러자, 선후 어멈아."

후루룩, 소리를 내며 할아버지가 복지리를 맛나게 먹었다. 이마에 땀이 송골송골 맺히다 못해 벗겨진 머리에도 땀이 흥건했다. 엄마가 할아버지의 머리를 힐끔거렸다. 그러더니 아빠의 M자형 머리를 걱정스러운 눈빛으로 바라봤다.

국그릇 안의 파를 숟가락으로 밀어냈다. 특별 레슨이 있는 금요일 저녁까지는 무슨 일이 있어도 완벽하게 악보를 소화해야만 했다. 목 상태는 핑곗거리고 솔직히 요즘 들어서는 내 목소리가 성악을 하기에 적절한 호소력을 갖고 있는지 의문이다.

"리듬을 익히는 건 둘째치고 노랫말이 가슴에 팍팍 와닿는 거지?"

내가 레슨을 하고 오면 할아버지는 무심하게 툭 한마디 던졌다. 노래를 부를 때 가슴이 찌르르, 하는 느낌이 오느냐는 것이다. 글쎄였다. 심장을 후벼 파거나 찡하는 느낌은 잘 모르겠고 그냥 머리가 어지러웠다. 호흡이 가빴고 그게 슬펐다.

초등학교 방과 후 교실에서 어쩌다 선택한 합창반이었다. 이서율이 노래 부르는 게 좋다고 하기에 별 생각 없이 따라 골랐다. 노래보다 이서율이 좋았으니까. 이서율 옆에 서서 소리 높여 노래를 불렀다. 별의별 노래를 다 불렀다, 배에 힘을 주고 큰 소리로 신나게. 이서율한테 노래 잘한다는 말을 듣고 싶었다.

"도선후, 정말 잘 부르네? 동요 대회 나가 볼까?"

내 인생 첫 대회였다. 전국어린이 동요대회를 어쩌다 나갔고 어쩌다 금상을 받았다. 파란 하늘에 연을 날리고 어쩌고저쩌고하는 내용의 동요였다. 이서율이 응원을 하러 대회장에 와 줬고 대회를 마친 주말에 공원에서 함께 연을 날리며 놀았다. 새로운 리듬을 익히고 콧노래를 흥얼거리다 보면 마음이 깃털처럼 나풀거렸다. 그 느낌이 좋았다. 그런데 지금은 모르겠다. 머릿속에 물먹은 솜이 꽉 채워진 것 같았다. 폐는 잔뜩 부풀어 터지기 일보 직전이었고 심장이 뛰고 있는지조차 모르겠다. 흉곽을 확장해 숨을 들이마셔도 폐가 끝까지 열리는 느낌이 전혀 없었다.

할아버지의 젓가락이 멸치볶음으로 향했다. 양념 되지 않은 잔멸치는 내 반찬이고, 고추장으로 무친 중간 멸치는 할아버지가 선호하는 반찬이다.

"나 여자 친구 있다. 조만간 식사 한번 하자."

엄마가 물잔을 놓치는 바람에 식탁 위에 물이 흥건했다. 다급히 마른행주로 식탁을 닦는 엄마와 달리 아빠는 묵묵히 멸치를 씹었다.

"아, 그러세요?"

엄마가 그렇게 주의를 줬건만 아빠는 내 잔멸치에 손을 뻗었다. 엄마가 그런 아빠의 옆구리를 툭 쳤다.

"설마…… 재혼까지 생각하시는 건 아니시죠, 아버님?"

엄마 입에서 튀어나온 '아버님' 세 음절에 힘이 실렸다. 스타카토, 딱딱 끊어치는 음색이 엄마의 마음을 대변하고 있었다.

"가능하면 재혼하는 게 좋지. 그 사람도 나도."

밥상에 침묵이 흘렀다. 복지리 냄새가 점점 더 짙어지는 듯했다. 아빠는 국그릇을 들고 남은 국물을 비워 버렸다. 거실에서 트로트의 흥겨운 리듬이 흘러들어 왔다.

♫ 사나이 가는 길에 태양은 다시 뜬다~
모진 바람 불어와도 사나이는 울지 않는다~

식탁 의자 아래로 발가락이 꿈틀거렸다. 오늘 레슨 때 어떤 모진 평가를 들어도 꿈쩍하지 않을 테다.

이서율이 테이블에 쟁반을 요란하게 내려놓았다. 그러거나 말거나 지금 내 신경은 예민한 상태다. 내가 눈길도 주지 않고 햄버거 포장을 벗기는 데에만 집중하자 이서율이 씩씩대더니 자리에 털썩 앉았다.

"내가 이런 것까지 너한테 갖다 줘야 하냐?"

이서율이 괜한 심통을 부린다. 필시 뭔가 짜증 나는 일이 있었겠지. 나는 햄버거를 크게 한 입 베어 물었다. 바싹하게 튀긴 닭 패티가 입맛에 딱이었다.

"내가 햄버거값을 내는데 배달까지 하라고? 억울하면 이서율 네가 쏴."

안 봐도 뻔하다. 감자튀김을 앞니로 깨작거리면서 날 노려보고 있을 것이다.

"너, 스파이시버거 세트 먹는 거 알면 아줌마 기절하시겠다. 내가 이를까?"

자기 하소연하려고 나를 부른 걸 뻔히 아는데 얘는 엉뚱한 데서 시비다. 하긴, 이게 이서율 매력이긴 했다.

"그럼 난 네가 짝사랑 못 접어서 질질 짠다고 동네방네 소문낸다."

"야아!"

"왜에!"

발성법으로 대답하자 가게 안의 사람들이 우리 쪽으로 시선을 돌렸다. 이서율의 뺨이 감자튀김에 찍어 놓은 케첩만큼이나 붉어졌다. 나는 옆에 놓은 콜라 컵을 쏘아보면서, 이서율은 창밖으로 고개를 돌리고 각자 열심히 먹었다.

이틀 전, 레슨을 받으면서 나는 적잖은 충격에 휩싸였다. 평소에는 곡 전체를 설명하고 안 되는 부분만 짚어 내며 "연습을 해야겠지?"라는 말을 건네는 것이 전부였던 교수님이 낯선 질문을 했다.

"도선후, 네게 노래는 뭐니?"

좋아하던 전쟁 영화가 떠올랐다. 자신감에 충만해서 헬기를 타고 작전지에 도착했는데 전투를 하기도 전에 레펠 하강을 하다가 실수로 바닥으로 추락해 버린 느낌이었다. 비명도 못 지르고 죽은 병사 얼굴에 내 모습이 비쳤다. 허둥대다가 내가 한 답변은 이것이었다.

"글쎄요…… 입시곡을 잘 부르고 싶어요."

교수님은 "허, 참." 하더니 처음부터 다시 부르라고 했다. 레슨이 끝나고 내내 마음이 불편했다. 아무래도 교수님이 원하는 대답을 못 한 것 같아 마음에 걸렸다. 도대체 그런 질문은 왜 한 걸까? 내게 가능성이 없다고 여긴 걸까? 이쯤에서 음악을 접으라고 말하고 싶은데 에둘러 말한 걸까?

콜라를 들이키다가 이서율과 시선이 얽혔다. 까만 눈동자가 내게 뭔가 묻고 싶은 듯했다.

"뭐가 궁금한데?"

"어?"

이서율이 움찔했다. 얘는 인생의 3분의 2를 나랑 붙어 다녀 놓고 내가 자신을 모른다고 생각하는 나쁜 버릇이 있다.

"말해. 나도 오늘은 너한테 물어볼 것도 있으니까."

"아니야, 너한테 물어볼 거 없어."

말은 저렇게 하지만 이서율은 일 분도 못 가서 내게 털어놓을 것이다. 나는 이서율이 먹다 남긴 햄버거에 손을 뻗었다. 대신 내 몫의 감자튀김을 이서율 앞에 밀어 주었다. 초등학교 4학년 때부터 이서율이 남기는 햄버거는 내 몫이었다. 그리고 감자튀김을 좋아하지 않는 나는 감자튀김에 환장하는 이서율을 위해 언제나 세트 메뉴를 시켰다.

"이서율, 너 걔 못 잊겠지? 한승 뭐였더라?"

"한 승 규."

입맛이 떨어지는지 제 손에서 감자튀김을 쟁반에 내려놓는 이서율을 보니 울화통이 치밀었다. 자신이 고백하기 전에 다른 애랑 사귀고 싶다는 남자가 뭐가 좋다고……. 나한테는 똑똑한 척하면서 다른 사람한테는 물렁물렁한 게 이서율이다. 같이 봉사 활동 간 여자애랑 사귄다는 소리를 듣고서 이서율 몰래 얼마나 주먹을 거머쥐었는지. 속이 좋은 건지 등신인지, 이서율은 눈물 그렁한 눈으로 내게 한 말이 가관이었다.

"나 쿨하게 행복을 빌어 줄 거야. 첫사랑은 원래 다 안 이뤄진대.

그게 국룰이래.”

애써 마음 다잡고 하는 애한테 나는 뭐라고 했던가!

“그런 개똥 같은 국룰 너한테 처음 듣는다. 한승규는 그 여자애
가 첫사랑 아니래?”

내 말에 이서율 얼굴이 처참하게 일그러졌다. 흙빛이 된 애를 두
고 나는 모진 말을 서슴지 않았다.

“한승규한테 그 여자애는 첫사랑일걸? 네가 직접 확인한 것도
아니잖아.”

나는 기어이 이서율을 울리고 말았다. 어릴 때부터 투닥거리며
싸웠지만 못된 마음으로 가시 돋힌 말을 일부러 하고 울리기는 처
음이었다.

약이 올랐다. 내가 있는데 이서율, 너는 왜 한승규인지 뭔지 타령
을 하는 것이냐고 따지고 싶었다. 옹졸하고 못난 마음이었다. 하지
만 나도 어쩔 수 없었다. 이서율한테 나보다 더 친한 누군가가 생기
는 꼴은 못 보겠으니까.

“선후야, 나 전학 갈까?”

이걸 말이라고. 이서율 얘는 엉뚱한 곳에서 사람 환장하게 만드
는 버릇이 있다. 감자튀김이 휘어지도록 케첩을 꾹꾹 눌러 대는 모
양을 보니 자기가 생각해도 어처구니없다고 느끼는 듯했다.

“몇 달만 있으면 고등학생 되니까 너, 여고 가. 아니, 유학 가.”

“돈 없어.”

“걱정 마. 나 다음 주에 로또 1등 당첨될 거 같아.”

빤히 쳐다보는 내 시선에 부담을 느꼈는지, 아니면 상대하기 싫었던지 이서율이 홱 고개를 돌렸다. 그런 이서율 모습에 웃음이 터지는 건 뭐람? 볼이 터지도록 햄버거를 입에 문 모습이 햄스터 같다고 생각했다. 제법 귀여워라고 놀리려는데 이서율이 사색이 되었다. 동공이 흔들리더니 바닥을 향해 고개를 푹 숙였다.

"왜 그래, 갑자기?"

내 질문이 작동 버튼이 되었는지 가게 안으로 들어오는 커플을 향해 이서율이 잠깐 시선을 주었다. 의아한 눈으로 커플을 주시했다. 작은 소리로 이서율이 중얼거렸다.

"쟤야, 한승규랑 커플."

원수는 외나무다리에서 만난다는데 웬수 같은 녀석을 패스트푸드점에서 만날 줄이야. 웃긴 건, 내 속 쓰린 것보다 이서율이 행여나 눈시울이라도 붉힐까 봐 걱정되었다.

"애꿎은 감자 그만 비틀어. 감자 허리 휜다. 나가자."

가방을 대신 들어 주는데 이서율이 쭈뼛거렸다. 무슨 호기인지 가게를 나가려다 말고 방향을 틀었다.

"어? 뭐 하는 거야?"

나는 엉거주춤 서서 이서율이 하는 행동을 지켜봐야만 했다.

"한승규, 규리야."

"앗, 이서율이다."

규리라는 애가 유난스럽게 이서율을 포옹했다. 한승규라는 녀석은 그 모습을 웃는 낯으로 보고 있었다.

'야, 웃음이 나오냐? 이서율이 너 때문에 흘린 눈물이 얼만데?'

어금니를 나도 모르게 꽉 깨물었다. 오지랖도 넓지, 이서율은 한 승규리 커플한테 메뉴를 추천하고 난리였다.

"도선후, 스파이시버거 짱이라고 했지?"

"어? 어어."

나는 얼결에 대답은 물론 엄지 척을 해 보이고 말았다. 그러고 보면 나도 이서율처럼 등신 맞다. 나를 보며 누구냐고 묻는 규리한테 이서율이 씩씩하게 말했다.

"내 소꿉 남편."

살면서 들었던 소개말 중에 제일 쪽팔리는 말이었다. 소꿉 남편 이라니! 내가 자기랑 소꿉놀이 때려친 지가 언젠데! 그것도 이서율, 자기가 소꿉놀이하자고 울고불고해서 시작해 놓고, 멋대로 나를 제 남편으로 임명하더니 일방적인 통보로 "너, 이제 그만 남편 해. 내일부터 김준우가 남편하기로 했어."라고 통보하지 않았던가! 철 없던 시절의 말이었지만 나에게는 상처였다.

한승규리 커플이 나를 보고 환하게 웃었다. 그 미소가 내 눈을 찌를 것 같았다. 낭패였다. 귀가 점점 빨개지는 게 틀림없었다.

나도 오지랖이지, 이서율 단짝 아니랄까 봐 한승규인지 뭔지한 테 할인 쿠폰은 왜 주고 난리인지. 햄버거 가게를 나오자마자 노래 방으로 발길을 돌렸다. 노래방은 전혀 계획에 없었다. 일주일 내내 악보를 보고 연습하는 것도 모자라 노래방이라니!

"잘했어, 이서율. 멋져, 최고로 쿨해. 하아……."

가게 밖으로 나오기가 무섭게 어깨를 늘어뜨리고 혼잣말을 하는 이서율을 보고 있자니 나까지 우울해지는 기분이었다. 이서율이나 나나 스트레스를 풀 겸 고래고래 악을 쓰면 가슴이 후련해질 것 같았다.

7번 방에 들어오자, 이서율이 마이크 성능을 테스트했다. 그래 봤자 후, 바람을 불어넣는 것이 전부겠지만 말이다. 숨을 불어넣자마자 귀를 찢는 듯한 소음이 작은 방에 울렸다. 짜증이 폭발했다. 마이크 탓으로 치부하기에 생각할수록 햄버거 가게에서 이서율의 행동에 분통이 터졌다.

"너, 미쳤어?"

다짜고짜 화를 냈다. 내 말의 의미를 모르지는 않을 텐데 이서율은 아주 평안한 얼굴로 노래 책을 뒤적거렸다.

"그만 좀 해. 도선후, 너 생각보다 좀스럽다."

내게 시선도 주지 않고 태평하게 말하는 모양새를 보니 열이 올랐다. 내가 살면서 좀스럽다는 소리를 이서율한테 말고 들을 데가 어디 있다고! 화를 가라앉히려고 애써 흉곽을 확장시켜 숨을 몰아쉬었다.

"나 엄청 좀스런 인간이야. 몰랐냐? 걔들은 왜 아는 척한 건데? 이서율, 넌 자존심도 없냐?"

갑자기 이서율이 콧구멍을 씰룩거렸다. 아, 느낌이 싸하다.

"야! 자존심 있어서 아는 척한 거야. 거기서 모른 척하는 게 더 폼

안 나잖아."

노래방 시간이 우리의 말다툼으로 점점 단축되고 있었다. 서로 등지고 앉아 각자 부를 노래를 골랐다. 호흡법 흐트러질까 봐 평소엔 가요도 잘 부르지 않았는데, 락발라드로 악을 좀 써야 속이 후련해질 것 같았다. 리모컨으로 손을 뻗는데 이서율이 한 발 더 빨랐다.

"피 땀 눈물, 내 마지막 숨을 다~ 하아~."

첫 소절을 듣자마자 나는 두 손으로 얼굴을 빡빡 문질렀다. 노래는 내 마음을 비추는 거울이란 것이 선생님이 내게 귀가 닳도록 하는 소리였다. 이서율은 지금 이 상황에 피, 땀, 눈물을 흘리겠다는 건지 아니면 한승규 녀석에게 피, 땀, 눈물에 하나 더 얹어 제 숨까지 몽땅 주겠다는 뜻일까? 보자 보자 하니까 진짜 속도 없는 애다.

"야, 야! 그만해."

내 멋대로 정지 버튼을 눌렀다. 반주도 멈추고 방 안이 조용했다. 옆 방에서 들려오는 트로트 메들리, 고성을 지르는 소리가 먼 안드로메다의 일처럼 느껴질 정도로 우리 방은 침묵으로 들어찼다. 왜 껐냐고 이서율이 잔소리할 법도 한데 무서울 정도로 조용했다. 내게 등을 보인 채 가만히 앉아 있는 게 여간 신경 쓰이는 것이 아니었다.

"아니, 그러니까 내 말은 좀 신나는 거 부르자고. 너, 에스파랑 블랙핑크 좋아하잖아. 내가 그거 불러 줄까?"

여전히 이서율은 내게 등만 보인 채였다. 웃기는 건 마이크에 입을 대고 할 말을 했다.

"선후, 너 아이돌 노래 안 부르잖아."

마이크를 통해 이서율 목소리가 메아리쳤다. 작년 생일 때 이서율이 아이돌 노래 불러 달라는 부탁을 깡그리 무시했다. 목 쓰는 방법이 달라서 사절한다고 했던 것을 기억하는 듯했다.

"아니야, 오늘은 부르고 싶네. 이서율, 네가 듣고 싶은 곡 골라."

"알았어."

시험 결과를 기다리는 수험생처럼 소파에 얌전히 앉아 이서율의 선곡을 기다렸다. 무슨 대단한 곡을 고르는지 시간이 제법 길었다. 머리를 벽에 대고 눈을 감았다. 옆방에서는 어느 노부부가 트로트 메들리에 한껏 흥이 오른 모양이었다. 할머니가 음정, 박자를 신나게 무시하는 반면, 할아버지의 목소리는 중후했고 음정, 박자 모두 깔끔했다. 아쉬운 점은 꺾기, 바이브레이션이 약했다. 할아버지 음색은 가곡이 더 잘 어울릴 듯했다.

"여기."

내 앞에 마이크가 있는데도 이서율이 제 마이크를 내 손에 주었다. 그제야 이서율 표정을 살필 수 있었다. 화난 것도, 우울한 것도 아닌 무표정이었다. 하지만 난 안다. 저 무표정 속에 이서율이 제 마음을 지금 최대치로 억누르고 있다는 것을 말이다.

"어? 너, 이 곡 알아?"

〈사랑의 책 : Il libro dell'amore〉이었다. 이탈리아 가수 주케로가 불렀던 곡이다. 이서율에게 이런 취향이 있었던가? 내가 알던

바로는 절대 아닌데……. 세월이 흘러 우리는 변했구나, 내가 아는 네가 전부가 아니구나 하는 생각이 들자 머리를 한 대 맞은 느낌이었다.

성악을 본격적으로 시작하기 전이었다. 할아버지가 새로 구입한 스피커를 타고 라디오에서 흘러나왔던 멜로디가 생생했다. 알아듣지도 못하는 언어가 아름답다고 느낀 최초의 시간이었다. 오후의 햇살이 거실 창으로 밀려들었고 소파를 등지고 바닥에 앉아 오징어를 씹고 있었다. 소파 테이블에는 물방울이 맺힌 맥주 캔이 있었다. 피아노 반주와 나른한 음색의 남자 가수 목소리가 나를 홀리기에 충분했다.

"사랑에 관한 책은 따분해. 영혼의 무게만큼이지. 애정이 가득한 이야기가 있고 춤추는 방법도 가득하지~. 하지만 네가 사랑에 관한 책을 읽는 게 좋아. 책보다 네가 좋아."

할아버지는 마치 그 나라 사람인 것처럼 라디오에서 흘러나오는 노래에 맞춰 가사를 읊었다. 나는 스포츠 웹툰이 제일 좋은데 사랑에 관한 책이라니, 하면서도 노랫소리에 귀를 기울였던 그 날이 생생했다.

간주가 시작되고 숨을 크게 들이마셔 갈비뼈 사이사이에 차곡차곡 쌓았다. 노래를 하는 동안 감정 과잉이 되지 않도록, 음색과 박자가 흐트러지지 않도록 숨을 계획적으로 가슴과 머리에 채워 넣었다.

읊조리듯 가사를 내뱉었다. 내 이야기를 하듯, 아직도 한승규를 잊지 못하면서 쿨한 척하는 이서율의 마음을 차근차근 읽어 내려가듯, 여친이 생겼다는 고백을 하던 할아버지의 주름진 눈가를 떠올리며 멜로디를 짚어 갔다. 복식 호흡이던 리듬을 다루는 기교 따위는 아랑곳하지 않았다. 뜨겁게 타오르는 마음을 입 밖으로 쏟아 낼 듯이 소리를 냈다.

클라이맥스를 지나 후반부로 가는데 내내 등을 돌리고 있던 이서율이 몸을 돌려 나를 보았다. 화면 불빛이 이서율 얼굴에 어른거렸다. 별이 쏟아지고 있었다.

노래가 끝났고 숨을 천천히 골랐다. 멍하니 있던 이서율이 자리에서 벌떡 일어나더니 기립 박수를 쳤다.

"브라보! 무슨 뜻인지 모르지만 엄청 좋은 뜻인 거 같아. 내 심장에 솜사탕이 몽글몽글 자리 잡은 거 같아."

웃음이 터졌다. 말도 안 되는 소리를 저렇게 자연스럽게 당당하게 하는 사람은 지구상에 이서율뿐이다. 나는 무대를 훌륭히 마친 오페라 가수처럼 정중히 인사를 했다.

"도선후, 가사 무슨 뜻이야?"

"알아서 뭐 하게. 엄청 좋은 뜻인 거 같다며? 좋은 뜻이야."

나는 7번 방을 나서며 속으로 마지막 구절의 가사를 되뇌었다. 간절하고 다정한 노랫말의 고백.

♬ 그래도 나는 너의 모습 그대로의 네가 좋아. 네가 뭘 하든 좋아,
네가 제일 좋아~ 나를 좀 더 믿어 줘.

하고 많은 노래방 중에, 하루 24시간 중 하필이면 지금 이 시간에 할아버지를 만나게 될 줄이야.

"도선후."

몸의 반응 속도가 엄청났다. 카운터 옆 음료 냉장고 뒤로 몸을 숨겼다. 얼결에 이서율도 잡아끌었다. 우리는 벽지 무늬처럼 나란히 벽에 붙어섰다.

"우리 들켰어."

이서율이 제 몸을 내 어깨 쪽으로 기울이며 속삭였다. 나는 눈을 부릅뜨며 움직이지 말라는 무언의 시선을 보냈다. 내 기세에 눌린 이서율이 움찔거렸다.

할아버지나 나나 여기서 대면해 봤자 좋을 건 없었다. 어색할 게 뻔했다. 눈을 감고 벽에 기댔다. 몇 분 뒤면 할아버지가 가고 없으려나 생각하는데 눈앞에 검은 형체가 어른거렸다. 불길한 예감에 실눈을 떴다.

"선후야!"

할아버지였다. 할아버지 옆에는 낯선 할머니가 있었다. 내가 반응하기도 전에 이서율이 한 발 나서며 허리를 숙여 인사했다.

"안녕하세요? 도선후 친구 이서율입니다."

이미 할아버지를 알고 있는 애가 무슨 짓인지. 할아버지도 이서율의 행동에 당황한 눈치였다.

"서율아, 너 나 처음 보냐?"

"아니요. 그런데 할아버지 옆에 계신 분은 저 모르시잖아요. 헤헤."

그제야 할아버지도, 옆에 선 할머니도 긴장이 풀린 미소가 번졌다. 할머니가 이서율의 손을 잡아 주었다. 손녀 보듯 이서율 손등을 토닥토닥 두드렸다.

"나는 조춘행이에요."

"아, 네. 조춘행 할머니요."

할머니는 이서율의 살가운 말투에 기분이 좋은 눈치였다. 할아버지가 내게 고갯짓을 했다. 이제 내 차례라는 의미가 아니겠는가? 이런 첫 만남은 사절이었다. 준비가 안 되었던 탓에 어떤 표정에 어떤 인사말이 적절한지 알 길이 없었다. 꾸벅, 고개를 숙였다. 고개를 들기도 전에 할아버지의 질책이 날아들었다.

"멋대가리 없기는. 입 뒀다 뭐 하냐?"

애한테 왜 그러냐는 할머니의 타박이 이어졌다. 나를 두고 듬직하다는 둥, 할아버지를 닮아 진중해 보인다는 둥, 나도 모르는 내 이야기를 했다.

"도 재 자, 규 자 할아버지의 손자 도선후입니다."

할머니가 내게 한 발 가까이 다가왔다. 흠칫 놀라 나도 모르게 뒷걸음질 쳤다. 하지만 더 뒤로 물러설 수 없었다. 할아버지가 내 옆구리를 잡아챘기 때문이었다.

"반가워요. 이렇게 만나서 놀랐죠? 노래, 잘 부르던데 내가 오늘은 알바 시간이 촉박해서. 다음에 노래 잘 들은 대가로 친구랑 맛난 것 쏠게요."

나는 얼결에 고개를 끄덕이고 말았다. 같은 방에서 노래를 부른 것도 아닌데 무슨 노래를 들었다는 것인지……. 할아버지는 내게 용돈을 찔러주었다. 할머니를 데려다줘야 한다면서 이서율이랑 맛난 것 먹으라고 했다. 나란히 노래방을 나서는 할아버지와 할머니의 뒷모습을 보면서 나는 머릿속이 복잡했다. 엄마는 할아버지의 여친을 경계하고 있었다. 엄마는 아닌 척했지만 나는 다 안다. 예고 입시며 대입까지 치르려면 할아버지의 재력이 큰 힘이 된다는 것이 엄마의 지론이었다. 대외적으로는 외아들인 아빠가 할아버지를 모셔야 하는 것이 당연한 거라고 말하지만 엄마의 속내는 그 당연한 것 플러스 할아버지의 도움도 상당히 작용했다.

"선후야, 할아버지 옆에……."

"옆에 뭐?"

나는 이서율이 뜻하는 바가 무엇인지 알면서도 시치미를 뗐다. 딴청 피우는 내가 못마땅했는지 이서율이 내 발등을 꽉 밟았다. 휘청거리며 걸음을 멈췄다. 이서율이 똑바로 말해라, 하는 눈빛을 보냈다.

"할아버지 여친이래."

"오! 멋지시다."

내 앞을 가로막더니 이서율이 갑자기 어깨춤을 추기 시작했다. 길 가던 사람들 몇이 우리를 쳐다봤다. 나는 이서율의 어깨를 두 손으로 꾹 잡아 눌렀다.

"멋지긴, 뭐가 멋지냐."

목소리가 퉁명스럽게 튀어나왔다.

"우리 할아버지는 집에 꼼짝없이 누워 계시거든?"

잊고 있었다. 이서율네 할아버지는 치매이다. 가족들이 힘들 법도 한데 이서율은 제 할아버지와 엄마가 밥집 아줌마 놀이를 한다고 흉내까지 냈다. 그 모습이 어찌나 유쾌한지 이서율네 할아버지가 중증 치매라는 게 믿기지 않을 정도였다. 이서율이 내 팔을 슬그머니 잡았다.

"선후야, 응원해 드려, 응?"

사람은 살면서 누구나 타인의 응원이 필요한 법이다. 이토록 기본적인 마음을 잊고 사는 건 뭔지. 내 팔을 앞뒤로 흔드는 이서율을 힐끔 바라보니 빙그레 웃고 있었다.

"응원해 드리는 거다."

"팔 떨어져, 놔."

시큰둥한 소리를 했지만 어쩌면 내 마음은 할아버지를 응원하고 싶을지도 몰랐다. 집으로 가는 길 내내, 이서율은 할아버지 이야기를 풀어냈다. 집 안에 아픈 사람이 있으면 힘겹고 어둡기 마련인데 이서율은 역시 이서율이었다. 첫사랑에 차인 건 차인 거고 (정확히 말하자면 고백도 못 한 꼴이지만) 할아버지와 함께하는 달고나 만들기에 이제 취미가 붙었단다. 완벽한 달고나 기술자가 될 수도 있겠다며 호기롭게 장담했다.

"와, 이서율. 넌 어떻게 나한테는 달고나 하나를 안 주냐?"

이서율이 뜨끔한 모양이었다.

"선후, 너 단것 싫어하잖아."

그러는 한승규인가 뭔가는 단것을 좋아한다고 이서율한테 알려 줬을까? 절대 아닐 거다. 이렇게 된 이상 똑똑히 알려 줘야겠다고 결심했다.

"분명히 말하는데, 나! 오늘부터 달고나 엄청 좋아하기로 했다."

사람이 진지하게 말하는데 이서율이 코미디 보는 듯 깔깔거렸다. 하도 얄미워서 이서율 머리를 잔뜩 흩뜨렸다. 다른 때 같았으면 머리 만지지 말라고 꽥 소리질렀을 건데 오늘은 웃느라 아랑곳하지 않았다. 살짝 빈정 상해서 가려는데 이서율이 내 옷소매를 붙잡았다.

"알겠어. 너 예고 입시 때 내가 합격 엿 대신 달고나 한 트럭 만들어 줄게. 흐흐흐!"

이서율 웃음소리가 귓가에서 떠나지 않았다. 아, 달고나 대신 엿을 한 트럭 먹고 말지 싶었다. 그만 웃으라고 이서율에게 헤드락을 걸었다. 바둥거리면서도 이서율은 웃음을 멈추지 않았다. 노을 지는 오렌지빛 하늘에 이서율의 웃음소리가 폭죽처럼 터졌다.

예술가에게 슬럼프는 필수 불가결의 조건이었다. 그 단순한 사실을 엄마만 모르고 있는 것이 얼마나 피곤한 일인지. 어느 날부터인가 내 노래는 입시와 레슨비 사이에 얽혀서 헤어 나올 수 없는 늪에 빠졌다.

"도선후, 너."

엄마는 화가 나면 오히려 침착해지는 경향이 있다. 내 이름을 성까지 붙여서 부른 다음에 꼭 '너'라고 덧붙인다.

"대체 어딜 쏘다닌 거야?"

쏘다닌 것이 사실이니 입이 열 개라도 할 말은 없었다. 레슨을 땡땡이쳤으니 기승전결이 완벽한 변명을 한들 변명은 변명이었다. 그냥 책상 의자에 앉아 엄마의 잔소리가 끝날 때까지 기다리는 수밖에 없었다.

"너, 엄마가 교수님 레슨 잡느라고 얼마나 고생한 줄 알아? 레슨비는 어떻고!"

아, 이 냉정한 자본주의 레슨! 엄마의 추궁이 나를 더욱 구석으로 몰고 있다는 생각은 못 하는 건가? 악보를 읽을수록, 성대에서 소리를 뽑아내면 낼수록, 내가 집중하는 것은 음악이 아니라 레슨비를 뽑아낼 만큼 잘하고 있는 걸까 하는 의문이었다. 그럴 때마다 내가 초라해졌다. 나는 무슨 부귀영화를 누리자고 내 나라말도 아닌 남의 나라말로 혀를 꼬부라트려 가면서 안간힘을 쓰고 있는 것일까?

처음 친구들과 합창 연습을 하면서 화음을 맞춰 가던 희열과 보람은 더 이상 느낄 수 없다는 현실에 암울해졌다. 다른 이의 목소리에 귀를 기울이면서 내 목소리에 더욱 관심을 가질 수 있었다. 누군가의 소리에 발을 맞춰 간다는 느낌이 즐거웠다. 가사를 읊조리며 음악의 사연에 몸을 싣고 동감을 하는 순간, 나 스스로가 다정한 인간이 되어 가는 확신이 들었다. 그러나 내 소리에 점수가 매겨지고 본격적인 입시 경쟁에 돌입하면서 내 행복은 어디로 증발

했나 싶었다.

돈 얘기가 나오면 나는 약자가 될 수밖에 없다. 아빠 사업이 예전과 같지 않은 상황에서 예고를 목표로 하는 것도 적지 않은 부담이었다. 그 덕분에 할아버지 댁으로 왔지만 순수한 의도로 합가를 한 것이 아니기에 마음이 불편했다. 특히 할아버지가 "같이 밥 먹으니 꿀맛이다." 같은 말을 할 때면 먹지도 않은 생선 가시가 목에 걸린 듯했다.

"엄마, 돈 타령할 거면 나 그만둬도 돼요."

또다시 엄마가 내 이름을 부르고 '너'를 붙였다. 나는 엄마를 무시하고 밖으로 나왔다. 답답한 마음에 나오기는 했는데 날은 저물고 딱히 갈 곳도 없어서 대문 앞에 주저앉았다. 동네 명당이라 불리는 위치라서 가로등도 환했고 CCTV도 잘 작동되어서 안심이었다.

"선후, 여기서 뭐 하나?"

할아버지였다.

"다녀오셨어요?"

쭈뼛거리며 일어나 인사를 했다. 대문을 열고 들어서다 말고 할아버지가 내 얼굴을 쳐다보았다. 나는 딴청을 피우며 하늘을 올려다봤다. 올려다봤자 어둠이 짙게 드리워져 보이는 것도 없었다. 손목시계를 보더니 할아버지가 다짜고짜 내 손목을 붙들었다.

"너, 나랑 모듬전 먹으러 갈래?"

갑작스러운 제안에 어안이 벙벙했다. 엄마가 알면 난리 날 일이었다. 내 입으로 들어가는 것이라면 뭐든 성분 검사까지는 아니더라도 매의 눈으로 살피는 엄마였다. 내 목 상태에 조금의 문제라도 생길 만한 음식이라면 엄마는 과할 정도로 질색했다. 그런데 기름에 튀기다시피한 전이라니! 하지만 기름의 고소함은 상상만 해도 입안에 침이 돌았다.

"모……듬전이요?"

"그래, 어차피 저녁 안 먹고 나왔을 거고 지금 집에 들어가기 싫은 거 아니냐?"

할아버지는 내 속에 들어갔다 나온 사람처럼 정답만 말했다. 살짝 놀란 눈치를 보이자 할아버지가 내 등을 툭 치더니 나이는 공짜로 먹는 게 아니라고 했다.

밤거리를 걸었다. 전 가게는 걷기에 애매한 위치였다. 버스로 다섯 정거장은 걸어야 했다. 할아버지는 기름진 음식을 먹을 테니 미리 운동할 겸 걷자고 했다. 나 역시 반대하지 않았다. 여유롭게 밤거리를 걸었던 적이 언제였는지 기억이 가물거렸다. 어딜 가나 학원가의 간판이 눈에 제일 먼저 들어왔다. 가방을 멘 또래 아이들이 바삐 가고 있었다. 나는 조명이 들어온 간판을 읽었다. 머릿속으로 발음하는 입 모양을 떠올리며 천천히 간판을 눈에 담았다. 제 버릇 개 못 준다더니 내 꼴이 딱 그랬다. 간판 글자에 리듬을 만들어 노래 부르듯 중얼거리기 시작했다. 할아버지도 그 소리를 들었는지 뒷짐 진 손을 까딱까딱 흔들기도 했다.

"할아버지, 비발디 〈사계〉 제일 좋아하셨잖아요."

좋아하신다와 좋아하셨다 사이에는 엄청난 차이가 존재한다. 바로 미련, 아쉬움, 어쩌면 약간의 원망이 섞였을 수도 있다. 젊은 시절부터 클래식을 듣던 할아버지의 취향을 두고 아빠는 고급 취미라고 했다. 사실인지 아닌지 확인할 수는 없었지만, 아빠 말에 따르면 돌아가신 할머니랑 결혼하기 위해 애쓴 노력의 산물이라고.

하고 많은 음악가 중에서 왜 비발디냐고, 왜 〈사계〉냐고 물었을 때 할아버지가 나를 보며 대답해 줬다. 사계절을 고스란히 느낄 수 있다는 게 참 좋다고, 음악이란 그래야 하는 거 아니겠냐고 말이다.

"트로트에도 사계절이 있더라. 선후, 너 이 노래 아냐? 〈꽃바람 여인〉이라고."

처음 듣는 노래였다. 요청하지도 않았는데 할아버지는 몇 소절을 허밍으로 흥얼거리더니 마음에 드는 부분에서 소리 높여 불렀다. 약주 한잔 걸치지도 않았는데 흥겹게 트로트 가락에 몸을 실어 걷는 모양새가 가히 나쁘지 않았다.

"사랑의 노예가 되어 버렸어어, 어쩔 수 없었네, 꽃바람 여어어인."

할아버지가 이렇게 간드러지는 소리를 낼 수 있는 사람이었나? 한 발 앞서 가던 할아버지가 걸음을 멈추더니 다가와 내 손을 잡았다. 학교 가기 싫다는 내 말에 군소리 없이 놀이공원에 데려가 주던 할아버지가 떠올랐다. 나는 다시 여덟 살로 돌아가는 듯한 기분이었다. 다 큰 놈이 할아버지와 손을 잡고 밤거리를 걷는다는 게 쑥스럽기도 하고 낯부끄럽기도 했다. 하지만 나는 손을 빼지 않았다. 갑자기 손을 빼서 할아버지를 머쓱하게 만들고 싶지 않았다. 어쩌면 할아버지도 다 큰 손주 손을 잡는 데에 나름의 큰 용기를 냈을지도 모른다. 그리고 할아버지의 손은 아늑했다.

입안에 퍼지는 기름의 고소한 맛이 일품이었다. 이미 입에 넣고 씹는데도 눈은 접시의 다른 전에 머물며 계속 침이 고였다.

"어떠냐? 내 말이 맞지? 맛집이라는 거."

나는 고개를 끄덕이며 깻잎전 하나를 입에 욱여넣었다. 할아버지가 양념간장 종지를 내 앞으로 밀었다. 양념간장도 내 입맛에 딱 맞았다. 짜지도, 달지도 않으면서 기름진 맛을 확 잡아 줬다.

"차라리 가게 이름을 소문난 집으로 하지, 왜 〈우리 엄마 모듬전〉으로 했을까요?"

할아버지가 사이다를 컵에 따라 주었다. 탄산의 유혹에 잠깐 흔들렸지만 엄마 몰래 기름진 음식을 먹는 것도 미안해지고 있는 터라 고개를 저어 거절했다. 할아버지는 내게 더는 탄산음료를 권하지 않았다.

"왜 〈우리 엄마 모듬전〉으로 했냐고 주인한테 물어볼까?"

"할아버지 여기 주인 아세요?"

할아버지는 사교적인 사람이 아니었다. 누구에게나 편하게 말을 거는 타입이 아니란 뜻이다. 그런 할아버지가 맛집 주인과 말을 트고 지낼 정도로 가깝게 지낸다니 놀라웠다.

할아버지가 테이블에 부착된 벨을 눌렀다. 서빙을 하던 중년 여자와 눈이 마주치자, 할아버지는 손사래를 치더니 주방 안쪽을 손가락으로 가리켰다. 이게 무슨 암호 놀이인가 하는데 낯익은 얼굴이 나타났다.

'앗, 저⋯⋯ 할머니!'

조춘행 할머니였다. 가게는 트로트 가락과 손님들이 떠드는 소리로 왁자지껄했다. 그 가운데에 할아버지와 할머니는 웃는 얼굴로 시선을 마주했다. 때마침 할아버지가 말했던 〈꽃바람 여인〉이란 노래가 가게 안에 일렁였다. 우리 테이블로 다가오는 할머니의 걸음이 유달리 가벼워 보였다.

"손주랑 오셨으면 진즉에 일러 주시지. 전 중에 뭐가 제일 맛있어요? 내가 서비스로 더 갖다 줄게."

내가 우물거리며 괜찮다고 사양하자, 할머니는 기특하다는 듯 내 등을 두드려 주었다. 그 손길이 스스럼없어 당황한 쪽은 오히려 내 쪽이었다.

할머니는 할아버지와 내게 눈인사를 하고 주문을 받으러 갔다. 할아버지는 녹두전을 베어 물더니 흐뭇한 시선으로 가게를 누비는 할머니에게서 시선을 떼지 못했다. 애정이 가득한 눈빛이었다. 너무 뜨겁지도 않고 적당한 온기를 품은 다정한 눈빛이었다. 오랜 세월을 함께한 사람들 사이에서 엿볼 수 있는, 힘겨운 세월을 함께 이겨낸 사람들 사이에서만 느낄 수 있는, 서로의 세월을 인정하고 보듬겠다는 다짐이 있는 사람들이 보낼 수 있는 따스함이었다.

"여기, 조 여사님이 보낸 서비습니다."

주인 여자가 깻잎전과 육전이 가득한 접시를 테이블에 놓았다. 할머니는 눈썰미도 좋고 인심이 넉넉한 사람인 것 같았다. 아까 잠시 앉아 있는 동안 내 젓가락이 깻잎전과 육전에 집중한 것을 눈치챈 듯했다.

"서비스치고 너무 많은데? 이거 넙죽 받았다간 우리 조 여사님 알바비 깎는 거 아닌가?"

할아버지의 넉살이 점점 가속화되고 있었다. 주인 여자가 소리 내어 웃더니 할아버지 어깨를 주물렀다. 딸이 아버지 어깨를 마사지하듯 익숙하고 다정한 손길이었다. 이상한 전 가게였다.

"어르신, 서비스는 얼마든지 공짜로 드릴 거고, 조 여사님 알바비도 안 깎을 테니까 두 분 데이트하실 때 우리 엄마 맛난 것 많이 사 주시고 많이 웃게 해 주세요."

'우리 엄마?'

수수께끼 같은 말은 할아버지의 설명으로 해결되었다. 평생 〈우리 엄마 모듬전〉을 일군 조춘행 할머니는 나이 서른둘에 딸 하나를 데리고 과부가 되었다고 했다. 딸 부부에게 가게를 물려주고 할머니는 아르바이트 직원이 되었다. 일터에서 아예 손을 놓자니, 가게가 바쁘기도 했고 할아버지와의 데이트를 하기 위해서는 경제적으로도 탄탄해야 한다는 게 할머니의 지론이었다.

"선후야, 나는 이 노래가 참 좋다. 네 할머니 가고 혼자 되었을 때 한동안 내가 많이 힘들었어. 그렇다고 하나밖에 없는 아들한테 힘들다고 말하기도 좀 그랬고."

할아버지의 고백을 들으니 가슴이 먹먹했다. 옆 테이블처럼 막걸리를 시킨 것도 아닌데 할아버지는 사이다 한 잔에 취했는지 묻지도 않은 말을 쏟아 냈다. 하나밖에 없는 아들, 부분에서 특히 그랬다. 나도 외아들이니 나중에 엄마 아빠가 늙어서 할아버지와 같은 처지가 되어 내 눈치를 보며 '나 힘들어.'라는 말을 참고 주저거리다 혼자서 삼킨다고 상상하면 가슴이 미어질 것만 같았다.

"혼자 거리를 헤매다가 이 가게에 들어왔지. 허기졌었어. 보통 때라면 고르지 않을 메뉴였는데……. 조 여사가 시키지도 않은, 메뉴에도 없는 국이랑 밥 한 그릇을 주고 가더라고. 그때도 가게 안에 〈꽃바람 여인〉이 울리더라고. 노래라는 게 참 신기하지?"

할아버지의 독백과 같은 물음에 의아한 표정을 지었다. 내 표정을 읽은 할아버지가 물끄러미 날 바라봤다. 내가 모르는 수많은 이야기를 품은 눈동자였다.

"트로트 가락을 들으면서 국이랑 밥을 먹는데 그간 내 안에 쌓인 슬픔이 누그러트려지지 뭐냐. 다 늙어 서러울 것도 없는 늙은이가 울었지."

"아."

기쁨의 감탄사도, 공감의 탄성도 아니었지만 나는 어쩐지 할아버지의 심정을 알 것만 같았다.

"다시 제대로 살 수 있을 것 같다는 기분이 들었지. 남은 생은 이전과 다르게, 새롭게 살아보자 마음먹게 된 게다."

레슨 교수님이 물었던 질문이 머릿속에 차올랐다. 내게 노래는 무엇일까? 내 영혼을 갈아 넣어 부르고 싶은 곡이 무엇일까? 남은 사이다를 한입에 털어 넣었다. 어떤 이유인지 갈증이 가시지 않았다. 접시의 전을 다 비울 때까지 할아버지와 나는 묵묵히 음식을 씹기만 했다. 대화는 오가지 않았으나 가게 안의 적당한 소음과 트로트 가락에 발 박자를 맞추었다.

"잠깐만!"

가게를 나서는데 조 여사님이 우리를 붙잡았다. 말없이 가려는 할아버지를 원망하기라도 하듯 눈을 곱게 흘겼다. 그러더니 내 손에 검은 봉지를 쥐여 주었다.

"노래값."

무슨 노래값이라는 건지 이해하지 못했다. 어정쩡한 자세로 손에 들린 봉지를 바라보는 내 모습에 할머니가 웃었다.

"노래방에서 노래 부르는 거 내가 훔쳐봤어요. 다음에 나한테도 직접 들려 달라고 뇌물 쓰는 거야."

내 노래를 듣고 감동받았다는 사람은 이서율 빼고 처음이었다. 집으로 돌아가는 길, 손에 든 봉지에서 모듬전의 온기가 흘러나왔다. 앞서 걷던 할아버지는 가끔 뒤를 돌아봐 내가 잘 따라오는지 살폈다.

피로가 몰려왔지만 쉽사리 잠들지 못했다. 늘 그렇듯이 침대 옆 스피커를 켰다. 블루투스를 연결해 잠들기 전까지 입시곡을 들어야만 했다. 휴대폰 음악 파일을 열어 플레이 버튼을 눌렀다. 가로등 불빛이, 달빛이 내 방 창문을 두드렸다. 창문을 조금 열었다. 자려고 자리에 누웠다.

집에 온 내게 한바탕 퍼부으려던 엄마 얼굴이 일그러졌다. 할아버지 때문이었다. 모듬전이 든 봉지를 내 손에서 빼앗아 엄마 품에 안기더니 할아버지가 엄마의 어깨를 토닥였다.

"이 집 모듬전이 기가 막힌다. 선후 데리고 먹다 보니 지숙이 네 생각이 났다. 우리 집에 처음 인사 올 때 저녁 밥상 기억나니? 깻잎전 좋아했잖니."

내가 깻잎전에 손을 떼지 못한 것은 유전인가? 할아버지의 말 한마디에 엄마는 꿀 먹은 벙어리가 되었다. 할아버지 댁으로 합가한 후, 처음으로 '선후 어미야.'가 아닌 엄마의 이름 '지숙'을 부른 할아버지였다. 다정하고 힘 있는 바리톤 음색이었다.

모듬전 봉지를 엄마에게 전하고 방으로 들어가는 할아버지의 뒷모습이 묘하게 다가왔다. 쓸쓸해 보이기도 했고 내일의 설렘을 어깨에 가득 짊어지고 있는 것도 같았다.

띠릭. 듣고 있던 곡의 전주 멜로디를 끊고 휴대폰 신호음이 울렸다. 할아버지가 보낸 메시지였다. 아직 안 주무시나 하는데 연이어 메시지가 왔다.

⊠ 이토록 간절한 소리를 들어 본 적이 있니?
이 소리를 들으니 앞으로 계속 건강하게 오래도록
살고 싶다는 생각이 들었다, 선후야.

무슨 말인가 싶어 할아버지가 보낸 영상을 열었다. 초점이 맞지 않아 화면이 흔들렸지만 소리만은 선명했다. 노래방에서 〈사랑의 책 : Il libro de'llamore〉을 부르는 내 모습이었다. 클라이맥스 부분에서 혼신을 다하는 내 표정은 힘들어 보이지도, 무리하게 소리를 내지도 않고 오히려 누군가에게 속삭이듯 조심스럽고 간절한 얼굴이었다. 영상 안에 두 손을 모으고 노래를 듣는 조 여사님의 모습이 찍혔다.

"쟤가 내 손자요, 도선후라고. 이 세상에서 제일 건강한 소리를 낼 줄 아는 애지."

할아버지 목소리도 들렸다.

나는 할아버지의 말대로 과연 그런 목소리를 가진 사람일까? 입시곡 대신 잠이 올 때까지 할아버지가 보낸 영상을 몇 번이나 들었다.

뜬눈으로 밤을 지새우고 동이 트는 것을 침대에 누워 가만히 지켜보았다. 화면 안에 낯선 내가 있었다. 그토록 오랜 날 노래를 불렀다. 그러나 노래를 부를 때 내 표정이 어떤지 알 수가 없었다. 관심도 없었고 본 적도 없었으니까. 내 노래를 들었던 사람들도 내 목소리나 성량, 박자와 악보를 해석하는 능력에만 관심이 있었지 그 누구도 노래하는 내 모습에 대해 이야기해 주지 않았다. 고음에서 왼쪽 입매가 살짝 더 올라간다든지, 마음에 드는 가사를 읊조릴 때는 눈을 살짝 감는다든지…… 특별히 잘 부르고 싶은 부분에서는 나도 모르게 왼손 주먹을 쥐었다 편다는 것도 알았다.

'네가 진짜 도선후구나.'

검지손가락 끝으로 영상 속 나를 매만졌다. 매끄럽고 단단한 목소리가 손끝에 전달되었다. 〈사랑의 책 : Il libro dell'amore〉을 다음에는 좀 더 잘 부르고 싶은 욕심이 생겼다.

침대에 누워 휴대폰을 가슴에 얹고 반복해서 영상을 틀었다. 허밍으로 노래를 따라 부르는데 내가 좋아지고 너무 행복했다. 클라이맥스 부분에 이르러서는 그냥 울컥한 기분에 눈시울을 붉힐 뻔했다. 이불을 턱밑까지 바짝 끌어당겼다.

"도선후, 일어나!"

엄마였다. 곧이어 거실 스피커에서 여느 날과 똑같은 입시곡 중 하나가 들려왔다. 거실로 나가자 할아버지가 신문을 읽고 있었다. 샐러리 주스를 만들어 온 엄마가 할아버지 눈치를 보더니 조심스럽게 말했다.

"아버님, 이 곡이 선후한테 참 중요한 곡이에요. 입시 전까지는 아침에 반복적으로 듣는 게……"

"누가 뭐래냐?"

할아버지는 신문에서 눈을 떼지 않고 엄마를 당황하게 만들었다. 그러더니 엄마 손에서 주스 잔을 건네받더니 단숨에 들이켰다.

"지숙아, 나는 우리 선후 목소리가 그렇게 좋더라. 너도 그렇지?"

어찌나 환하게 웃는지 오늘 아침의 햇살이 할아버지 얼굴에 다 몰려드는 기분이 들 정도였다. 엄마의 눈가가 묘하게 일그러지더니 살짝 붉어지는 듯했다. 할아버지는 엄마의 팔을 두어 번 두드려 주었다.

"오늘은 무슨 반찬인가? 냄새가 엄청 좋은데? 설마 육개장은 아니겠지?"

할아버지가 부엌으로 향했다. 늘 같은 아침인데 여느 아침과 완전히 다른 날이기도 했다. 할아버지 뒤를 따르면서 콧노래를 흥얼거렸다. 〈Il libro dell'amore〉의 마지막 소절이었다. 호흡을 가다듬고 속삭였다.

"Fedi nuziali e tede in piu."

맞은편에 앉은 할아버지가 웃는 눈으로 날 바라보았다.

"무슨 뜻이냐?"

할아버지의 질문이 반가웠다. 엄마가 간밤에 내가 가져온 모듬전을 데워 식탁에 놓았다. 아침부터 무슨 기름진 음식이냐고 할 법도 한데 어찌된 영문인지 엄마는 전을 데워서 내 앞으로 밀어 주었다. 뒤늦게 식탁에 앉은 아빠가 흡족한 얼굴로 말했다.

"누구 생일이야? 진수성찬이네."

나는 할아버지를 향해 나직한 목소리로 대답했다.

"나를 더 믿고 결혼 반지를 줘, 예요."

온 식구의 눈이 내게로 향했다. 나는 된장찌개를 천천히 음미하며 내 안의 남은 말을 꺼냈다.

"할아버지, 청혼도 하시고 프러포즈 성공하면 축가는 제가 불러 드릴게요."

아마도 나는 흡족한 마음으로 노래를 부를 수 있을 것이다. 왼손 주먹을 부드럽게 쥐기도 할 것이고 잘 부르고 싶은 마음에 긴장을 감추지 못하고 손바닥을 바지에 문지를 수도 있겠지. 그러나 우리는 서로의 자리에서 서로의 삶을 나름의 방식으로 응원하게 될 것이란 확신이 들었다.

작가의 말

버스를 타고 가다가 웃음을 참느라 애를 먹은 적이 있다. 내 앞자리에 앉은 여자애와 할머니의 대화가 어떤 드라마보다 재미있던 까닭이었다. 중학생으로 보이는 여자애의 휴대폰이 자꾸 울리자 할머니는 받으라고 재촉했고 여자애는 싫다고 정색했다.

"누구야?"

"엄마란 말이야."

"내 딸?"

"응, 안 받아도 뻔해. 시험 끝났는데 놀지 말고 학원 가라고 잔소리할 거야."

"나랑 있다고 하면 되잖아."

"할머니, 엄마는 할머니 말도 안 들었다며. 그런데 할머니랑 있다고 하면 엄마가 '그래, 학원 빠져라.' 하겠어?"

여중생의 논리에 감탄했다. 중학생 삶의 어려움을 토로하는 손녀와 "걔는 왜 그런다니?"라며 자신의 딸을 디스하며 손녀를 위로하는 할머니의 모습에 마음이 말랑거렸다. 분명 시작은 코미디였는데 엔딩에 이르러 눈물샘을 이상하게 자극하는 모양새라니!

수많은 이야기를 상상하면서 동시대를 살아가는 십 대와 노년의 삶이 어떻게 흘러가고 있는지 궁금해졌다. 내 이야기 속에서 그들은 신세대와 구세대로 이분화되어 있지 않기를 바란다. 오늘을 함께 살아가는 괜찮은 가족이자 이웃이었으면 좋겠다.

그러고 보면 나는 행운아였다. 표현 방법은 다르지만 나를 걱정하고 응원하고 호통치고 어르고 달래 주는 어르신들과 멋진 십 대 친구들이 항상 함께했으니까. 깻잎 반찬이나 두부조림을 현관문에 슬쩍 걸어 주시는 20층 어르신, 나의 실수에도 호탕하게 웃으며 "젊어서 실수해야 귀여운 거."라고 농담 섞인 이해와 위로를 전해 주신 어르신, 버스나 지하철에서 당연하다는 듯 어르신께 자리를 양보하는 십 대, 카페의 키오스크 앞에서 당황한 어르신에게 "제가 도와드릴까요?" 손을 내미는 아이들이 고마웠다.

세상이 아무리 힘들어도 우리가 하루하루를 잘 살아 낼 수 있는 건 이렇게 아름다운 사람들이 세대와 세대를 이어가고 있기 때문일 것이다.

『기념일의 무게』에 등장한 아이들도, 어르신들도, 이야기 속에서 정답게 어우러지길…….

이렇게 아름다운 티키타카라니!
으랏차차, 이송현